Percée centrale des Pyrénées

VALLÉE D'ASPE

CHEMIN DE FER

DE

MADRID AU RESTE DU CONTINENT

PAR

SARAGOSSE ET OLORON.

1° Avant-propos;
2° Mémoire à l'appui du projet et Appendices;
3° Série des prix;
4° Estimation générale des dépenses.

BAYONNE,
Imprimerie de veuve LAMAIGNÈRE, rue Chegaray, nº 39.

1865.

1°. — AVANT-PROPOS.

AVANT-PROPOS.

C'est au lendemain d'une situation désespérée, où le désastre de la mise en séquestre atteignait la plupart de nos Compagnies de chemins de fer, que la France a courageusement repris le réseau ferré de 20,000 kilomètres dont elle achève de se couvrir. Par une contradiction non moins surprenante en apparence, le salut des Compagnies est venu du développement de ces concessions primitives en face desquelles presque toutes se déclaraient impuissantes.

L'un des plus beaux titres de gloire de l'Empire restauré est d'avoir su les y enhardir à l'aide de sacrifices proportionnés aux risques qu'elles couraient et aux intérêts qu'elles allaient favoriser si puissamment.

Que ce souvenir rétrospectif réponde d'avance à ceux qui contesteraient l'opportunité d'un travail sur le percement des *Pyrénées centrales*, dans un moment où l'horizon actuel de l'*Espagne* semble n'ouvrir que des perspectives assombries à l'avenir de ses chemins de fer.

Le peuple qui règne au delà des *Pyrénées* a dans son histoire un passé de force et de grandeur qui est le meilleur gage de son avenir.

Le travail, désormais remis en honneur, y est devenu la condition d'existence d'une société démocratisée et là, pas plus qu'ailleurs, il ne saurait se passer des forces merveilleuses que la vapeur, jointe aux chemins de fer, met à sa disposition.

L'*Espagne* ne le méconnaît plus aujourd'hui! Son réseau ferré, pour ne dater que de 1855, compte déjà 6,000 kilomètres de concessions ; les 3,570 livrés au public n'ont pas absorbé moins de deux milliards de francs. Cette année même, en dépit des agitations politiques et des mécomptes industriels, le plan général destiné à le compléter vient d'être arrêté par les Cortès d'accord avec le Gouvernement.

D'après ce document officiel, un chemin de fer doit être construit de *Saragosse* vers la *France*, par *Somport*, *Gavarnie* ou *Venasque*, après étude comparative des trois directions.

L'honneur comme l'intérêt de l'*Espagne* ne saurait plus tolérer le contraste que présente la frontière des *Pyrénées* avec les autres frontières de la *France* au point de vue de la viabilité.

Pour ne parler que des voies ferrées, notre frontière du *Nord* en compte dix, du *Havre* au *Luxembourg*, donnant accès vers l'*Angleterre*, la *Belgique* et les provinces du *Rhin*; celle de l'*Est* cinq, vers l'*Allemagne* et la *Suisse*; l'*Ouest* six et le *Sud-Est* trois, c'est-à-dire autant que de grands ports sur l'*Océan* ou la *Méditerranée*.

Les *Alpes* elles-mêmes dressent vainement entre l'*Europe* et l'*Italie* une barrière deux fois plus considérable que les *Pyrénées* par sa longueur, son altitude et son épaisseur; déjà franchie au *Sœmmering*, dans le *Tyrol* et à *Nice*, à la veille de l'être au *Mont-Cenis*, l'immense chaîne va subir une cinquième brèche au *Simplon* ou au *Saint-Gothard*. Soutenue par les Gouvernements de la *Suisse* et de l'*Italie*, une Compagnie ne craint pas d'y engager 150 millions, malgré la concurrence des autres lignes et d'une quinzaine de routes carrossables ouvertes au transit.

Quelle que soit désormais l'attitude de l'*Espagne* envers son ancienne vassale émancipée et devenue son égale, sa bienveillance ne saurait aller jusqu'à l'aveu de son infériorité. Or, rien au monde ne saurait lui en éviter l'humiliation, s'il lui suffisait, pour ses rapports avec le reste du continent, des deux voies latérales d'*Irun* et de *Perpignan*, dirigées vers la mer tout autant que vers la frontière, alors surtout qu'exception faite des deux extrémités, pas une seule route carrossable ne réunit les versants opposés des *Pyrénées*.

Le prolongement de la ligne de *Saragosse* en *France* par le col de *Somport* traverse la vallée d'*Aspe* et *Oloron*.

Quelque modestes que soient les intérêts de ces localités auprès des considérations élevées qui décident l'*Espagne* à une percée des *Pyrénées centrales*, ce projet constitue pour elles une sorte de mise en demeure d'autant plus impérieuse que l'initiative vient de plus haut.

Comme le pionnier qui déblaie la route il leur appartenait les premières de faire étudier le passage de *Somport* et d'en rendre témoignage devant les deux pays à la limite desquels la nature les a placées.

C'est le but de ce Mémoire et nous pouvons le dire d'entrée : personne ne lira jusqu'au bout les recherches consciencieuses et variées, les calculs détaillés et complets qui caractérisent le Mémoire de M. l'Ingénieur Boura, sans reconnaître l'immense avantage du col de *Somport* sur toute autre partie des *Pyrénées centrales*, notamment *Venasque* et *Gavarnie.*

Nulle autre n'en approche à aucun des divers points de vue de ce genre d'entreprises : facilités topographiques, économie des frais de construction, prévision d'une exploitation fructueuse, raccourcissement du trajet entre la *France* et l'*Espagne* pour le plus grand nombre d'aboutissants. — Un examen rapide suffit à le démontrer.

§ I.

Facilités topographiques et meilleur marché de la construction.

La vallée du *Rio-Gallego*, grande et large, montant tout droit vers les *Pyrénées* d'une pente si douce que *Saragosse* où elle débouche conserve à 170km de la frontière une altitude de 220m au-dessus du niveau de la mer ; puis celle du *Rio-Aragon* qu'elle aborde près de *Jaca*, sans autre travail qu'une simple tranchée, voilà pour les conditions topographiques du versant *espagnol.*

D'une disposition bien moins heureuse les vallées correspondant aux divers cols, de *Gavarnie* à *Venasque*, le *Rio-Ara*, la *Cinca*, le *Rio-Essera*, la *Ribagorsana-Noguera* ne descendent du *Marboré*, du *Mont-Perdu* ou des glaciers de la *Maladetta* que pour tourner à l'*Est* vers *Barbastro*, et se voir séparées de *Saragosse* par des contre-forts d'un relief presqu'égal à celui des *Pyrénées.*

A *Somport* l'œuvre de l'Ingénieur ne commence, pour ainsi dire, qu'au col même avec le tunnel international et avec la pente assez abrupte qui lui succède dans la partie supérieure de la vallée d'*Aspe* sur le versant *français.*

Si cette publication n'eût été qu'un travail de circonstance rien n'était plus facile que d'ajouter aux autres avantages du passage de

Somport celui d'un tunnel de faîte de 3 200^{m} seulement. Il suffisait de monter à la cote 1 442 du versant méridional et de sortir, au *Nord*, à la cote 1 346, encore beaucoup moins haut que les points obligés des tunnels de la *Glère* ou du *Marboré;* mais les tourmentes atmosphériques et les neiges compromettent trop souvent la circulation à ces hauteurs pour que l'assiette d'une voie ferrée dépasse la cote 1 100 au *Nord* et la cote 1 300 au *Sud* des montagnes de l'Europe. L'expérience acquise en *Espagne* même, sur la ligne *del Norte*, en fait une loi si formelle que tout projet se condamne d'avance lorsqu'il est obligé, comme ceux de *Gavarnie* ou de *Venasque*, de se placer en contradiction avec cette donnée.

D'ailleurs, s'il faut un tunnel de 6 700^{m} pour n'attaquer le massif méridional de *Somport* qu'à la cote 1 255 et se faire jour à la cote 1 054 du versant *Nord*, les dépressions du sol permettent facilement de le décomposer en plusieurs sections intermédiaires dont la plus longue, au centre, ne dépasse pas 2 630^{m}.

L'ensemble du travail n'exigerait pas quatre ans, d'après le système inauguré au *Mont-Cenis*, d'autant que les circonstances locales se prêteraient bien mieux à son application.

Il suffit de 19 millions pour le percement total du tunnel, 12 millions pour la rampe d'accès, plus 14 millions pour les 32^{km} jusqu'à *Oloron*, qui rentrent dans les conditions des tracés ordinaires, total 45 millions !

Que l'on cite dans toute la chaîne une autre traversée moins coûteuse, même aux extrémités qui s'inclinent vers la mer? La Compagnie *del Norte* ne saurait méconnaître que le passage d'*Irun* à *Vittoria* ne lui revient plus cher, et l'on s'estimerait heureux à l'autre bout des *Pyrénées*, de souder *Perpignan* aux lignes *espagnoles* pour le même prix.

Il n'y a rien d'anormal non plus, le Mémoire l'établit clairement, dans la pente de 0^{m},040 adoptée pour le versant *français* jusqu'au fond du thalweg de la vallée d'*Aspe*. La longueur de cette rampe ne dépasse pas 17^{km}, les courbes y conservent partout un rayon de 500^{m} sans trop multiplier les tunnels ni les viaducs, et les villages que la voie ferrée traverse au milieu de champs cultivés tout le long de son parcours sont la meilleure preuve qu'à cette hauteur il n'y a plus rien à craindre des intempéries.

§ II.

Probabilité d'une exploitation lucrative.

Mais le chemin de fer le moins coûteux n'est pas toujours le plus économique, témoin les lignes *espagnoles* ou *suisses* qui ruinent leurs actionnaires bien qu'en général construites à d'assez bas prix : facilités topographiques, bon marché de la construction, tout s'efface devant la grande question du rendement. C'est en quelque sorte la pierre de touche de la valeur d'une voie ferrée.

Aussi remarquera-t-on, qu'au-dessus même des questions techniques, la préoccupation qui éclate à chaque page du travail de M. l'Ingénieur Boura c'est le rapport du rendement net et des frais d'exploitation du projet de *Somport.*

Les nombreux documents réunis dans le Mémoire permettent au lecteur lui-même d'en faire le calcul.

Il en ressort un fait incontestable et de nature à décider à lui seul de l'exécution de notre projet ; c'est que l'exploitation du passage de *Somport* est susceptible, à une voie, d'une recette kilométrique de plus de 40 000 fr. Le *Saragosse* et le *Midi français* n'ont pas encore atteint ce chiffre, il est vrai, mais leur intérêt évident serait de se concerter pour une entreprise où ils trouveraient l'un et l'autre un accroissement certain de profit.

Comment ce résultat est-il possible sur un chemin de fer de montagne, à une seule voie, sans aucune de ces augmentations de tarifs que réclament les projets des *Alpes ?*

Comment le concilier avec une exploitation laborieuse et coûteuse, puisqu'elle aura contre elle une ascension de 17^{km} à la pente de $0^{m},040$ et par suite une usure générale proportionnée à l'effort de cette traction, depuis le charbon jusqu'aux rails, depuis le personnel jusqu'aux organes d'acier de la locomotive et des wagons ; sans parler des frais de transbordement et d'un double matériel que la différence de largeur des voies impose partout au transit *espagnol ?*

C'est le trait vraiment ingénieux du travail de M. Boura, d'avoir su tourner au profit les unes des autres les difficultés diverses de ce problème compliqué.

La différence de largeur des deux voies lui permet une locomotive d'un tiers plus puissante et qui triomphera sur la rampe de 0m,040 de la même résistance qu'une locomotive ordinaire sur une rampe de 0m,030 ou de 0m,025, de manière à ramener aux conditions les plus normales la déclivité maximum du projet.

Le transbordement lui donne la clé d'une solution que recherchent en vain, comme *desideratum* suprême, la plupart des Compagnies, c'est-à-dire la possibilité de réduire à l'indispensable la tare ou poids mort de chaque convoi. C'est à *Oloron* qu'il s'effectuera, et bien que la voie *espagnole* s'avance ainsi à 50km dans l'intérieur, on ne saurait douter de l'assentiment du Gouvernement Impérial, après la suppression de toutes les servitudes militaires de notre zone frontière dont sa politique civilisatrice vient de se faire honneur. Entr'autres avantages de ce choix, le premier est d'éviter l'emploi d'un autre matériel que celui qui circulera jusqu'à *Saragosse* et *Madrid;* le second de se placer au voisinage d'une ville dont l'importance est prête à renaître avec le monopole séculaire des relations commerciales du centre des *Pyrénées*. Enfin, grâce à l'accumulation forcée que le transbordement impose aux provenances de toute origine dans la gare d'*Oloron,* rien n'est plus facile que de former toujours des trains complets et d'atteindre, dans les convois de marchandises comme dans les convois mixtes de marchandises et voyageurs, le maximum d'effet de la locomotive employée à les remorquer.

Pas de locomotive qui ne puisse monter à charge pleine, et comme elle sera douée d'une force d'un tiers plus grande que le même type français, le *poids utile remorqué par les moindres convois,* malgré la rampe de 0m,040 d'une portion du parcours, sera de 77 tonnes, chiffre presqu'égal au *maximum* que transporte un convoi sur la ligne du *Midi*.

Dans ces conditions d'exploitation, on peut atteindre, sans encombrement, un rendement brut de 40 à 45 000 fr. par kilomètre, en ne se servant que d'une seule voie; c'est la moyenne annuelle des chemins de fer *français*.

Aux tarifs actuels moyens de 6c,4 par voyageur et de 7c par tonne de marchandises pour un kilomètre, il suffit chaque jour de 4 trains mixtes de voyageurs et marchandises, plus 4 trains spéciaux de marchandises en chaque sens, pour atteindre ce résultat.

C'est une circulation totale de 16 trains qui peut s'effectuer de 6 heures du matin à 6 heures du soir, avec une vitesse moyenne de 25km à l'heure. Le délai d'une heure et demie d'intervalle entre chaque départ, soit à la montée soit à la descente, permet d'opérer les croisements au pied de la rampe, dans une gare vaste et large, et empêche que deux trains ne s'engagent à la fois sur la rampe, même dans une seule direction, de manière à ne rien sacrifier au trafic des exigences de la sécurité.

Lorsque les besoins l'exigeront, ou bien si la Compagnie formant des trains plus lourds, veut en limiter le nombre à dix par jour, il n'y a qu'à prendre exemple sur les machines de catégories diverses employées par le *Nord français*. Une fois pourvues d'une chaudière d'un tiers plus forte, elles remorqueront, tout aussi facilement que dans les plaines de la *Picardie*, des convois d'un poids utile de 124 tonnes et même de 250 tonnes avec double traction. Ce n'est plus alors 40 000 fr., mais 70 000 fr. de rendement kilométrique que pourrait atteindre l'exploitation de la traversée de *Somport*, même avec une seule voie. Cette ligne marcherait ainsi de pair avec les plus florissantes, d'autant que les frais d'exploitation ne dépasseront pas 45 p. °/o.

§ III.

Accroissement des échanges. — Centralité de Somport.

Que les probabilités du trafic comportent cette circulation par *Somport*, on ne saurait en douter, si l'on réfléchit au développement des échanges entre la *France* et l'*Espagne* et à l'abréviation de distance que cette ligne procure au plus grand nombre des localités commerciales de l'un et l'autre pays.

Sous la seule influenee du rétablissement de la paix en *Espagne* la valeur des échanges, qui n'était en 1837 que de 86 millions, a presque triplé. Des chiffres officiels, publiés à l'occasion du nouveau traité de commerce, ne l'estiment pas à moins de 225 millions pour 1863.

Si ce progrès a pu se réaliser en dépit des prohibitions douanières et avant les facilités de communication des nouvelles voies ferrées, que ne doit-on pas espérer aujourd'hui ?

C'est une sorte de loi économique, tant les preuves en sont multipliées désormais, qu'un chemin de fer quadruple au moins le trafic autour de lui.

La liberté commerciale n'y a pas moins d'efficacité, témoin l'expérience que la *France* vient d'en faire dans ses relations avec l'*Angleterre*, la *Belgique*, le *Zollverein* et l'*Italie*.

Les conséquences ne sauraient en être moins heureuses dans un pays qui réunit, comme l'*Espagne*, la fertilité du sol à la beauté du climat. Il lui suffit d'appliquer au développement de ses richesses de toute sorte un peu de cette énergie traditionnelle qu'ont absorbée jusqu'ici les luttes des partis et l'on ne reverra plus le spectacle étrange de nos dernières années de disette où la *France* et l'*Angleterre* allaient s'approvisionner à *Odessa*, en *Egypte*, et jusque dans l'*Amérique* du *Nord*, alors que *Saragosse* et les *Castilles* regorgeaient de grains avilis faute de pouvoir les écouler. Avec des procédés agricoles moins imparfaits et d'autres moyens de transport que le mulet, les plaines de la *Manche* et du *Bas-Aragon* seraient un grenier inépuisable où tout l'*Ouest* de l'*Europe* viendrait combler le déficit habituel de ses moissons. En retour l'*Espagne* s'y fournirait de houilles et, grâce à ce pain de l'industrie, elle relèverait sa métallurgie languissante, malgré l'excellence de ses minerais.

Mais, sans entrer dans une nomenclature aussi variée que les produits de ces contrées diverses, et leurs échanges n'eussent-ils que ces deux éléments, il en résulterait, à travers les *Pyrénées*, un courant dont la voie de communication la plus courte recueillera forcément la plus large part.

C'est nommer la voie ferrée de *Somport*.

En présence de la barrière des *Pyrénées* que l'on n'osait encore franchir, le réseau *français*, de même que le réseau *espagnol*, s'est moins préoccupé jusqu'ici des relations internationales que des marchés locaux de chacun des deux pays. De là, soit au *Nord*, soit au *Sud* de la chaîne, des inflexions de tracé qui, désormais, assujettissent voyageurs et marchandises à des points obligés de parcours fort éloignés souvent de leur direction normale. Ce sont en *France: Bordeaux, Agen, Toulouse* et *Narbonne*; les trois premières se partageant les arrivages de *Paris*, du *Nord* et du *Centre*, pour laisser à *Narbonne* ceux de *Marseille* et de *Lyon*; — en *Espagne*: *Barcelone*, *Saragosse* et la ligne *del Norte*. Celle-ci forme le débouché du *Portugal* et de l'*Ouest* de la *Péninsule*;

Barcelone celui d'une partie de l'*Est* et du littoral *méditerranéen;* mais *Saragosse* voit affluer *Madrid,* le *Centre,* ainsi que *Valence, Grenade* et l'*Andalousie.* La moitié de la nation et plus n'a pas d'autre issue vers les *Pyrénées* et par conséquent, quelle que soit ensuite la direction, *Bordeaux, Agen, Toulouse* ou *Narbonne,* sa traversée directe s'ouvre à *Somport.*

On ne saurait juger de cette question des distances par un coup d'œil superficiellement jeté sur une carte. L'examen du Mémoire peut seul édifier un lecteur sérieux, grâce aux chiffres instructifs, aux rapprochements imprévus qui s'y trouvent multipliés jusqu'à profusion. *Qu'il sache seulement que tout autre projet que celui de Somport se heurte à diverses causes de déviation forcée.*

Tantôt c'est la disposition des lieux qu'on ne saurait racheter qu'au prix des plus grands sacrifices; tel est le détour de *Monzon* et *Barbastro* qui allonge de près de 80^{km} la distance de *Saragosse* aux *Pyrénées* par *Gavarnie* ou *Venasque*, relativement à celle de *Somport.*

Tantôt c'est la nécessité de se raccorder à un tracé déjà existant, comme la ligne *del Norte* ou bien celle de *Barcelone* à *Perpignan.*

Le *Norte*, par exemple, tiendrait-on compte des variantes d'*Alsasua,* des *Aldudes* ou du rail-way *français* dit *pyrénéen,* ne supporte aucune comparaison avec la ligne de *Somport,* pour la distance de *Saragosse* à *Toulouse, Agen*, et même *Bordeaux;* à plus forte raison le chemin de *Barcelone* à *Perpignan.* Mais le plus inattendu, c'est que ce dernier tracé ne l'emporte pas sur celui de *Somport* pour les relations de *Saragosse* avec *Marseille* et *Lyon.* L'abréviation par *Somport* serait même de 30^{km} le jour où la Compagnie concessionnaire pousserait un embranchement direct d'*Oloron* vers *Lestelle* et *Tarbes*, après s'être soudée avec *Pau* pour les autres communications.

Ainsi donc à la moitié de l'*Espagne* il faut ajouter la *France* presqu'entière, et avec elle le reste du continent, qui trouvent dans le projet de *Somport* leur ligne la plus directe vers *Saragosse* et *Madrid.*

Notre voix ne saurait dès lors rester sans écho! Ce qui lui manque en autorité s'agrandira du concert de tous ces intérêts réunis.

C'est dans cette confiance que les soussignés, après le magnifique succès de la souscription ouverte par la Chambre consultative d'*Oloron* en vue de la nouvelle étude du projet de *Somport,* ont accepté de leurs concitoyens la responsabilité de porter ici la parole en leur nom.

Les Membres de la Commission :

JOSEPH CONDOU, ancien Membre de l'Assemblée Constituante, Membre du Conseil Municipal d'Oloron, *Président ;*

ÉDOUARD LOUIS, Membre du Conseil Municipal d'Oloron, ancien Maire ;

AUGUSTE BRUN, Président du Tribunal de Commerce;

J.-L. LAVIGNE, Juge au Tribunal de Commerce ;

ARIES, Juge au Tribunal de Commerce ;

LABORDE-AURAS, Propriétaire-rentier ;

JULES DUCOS, Secrétaire de la Chambre Consultative des Arts et Manufactures ;

U. BARBEREN, Membre du Conseil Général des Basses-Pyrénées pour le canton d'Accous, *Secrétaire.*

2°. — MÉMOIRE A L'APPUI DU PROJET
ET APPENDICES.

Percée Centrale des Pyrénées

VALLÉE D'ASPE

CHEMIN DE FER

DE

MADRID AU RESTE DU CONTINENT, PAR SARAGOSSE ET OLORON

MÉMOIRE A L'APPUI DU PROJET

CONDITIONS GÉNÉRALES D'EXÉCUTION

Déclivités de 0m,040, par mètre, au maximum. (1)
Courbes de 500m de rayon minimum. (1)
Ouvrages d'art à 2 voies.
Tunnels à 2 voies et de 10m de largeur.
Terrassements à 6m de largeur en couronne, non compris les fossés et banquettes.

§ I.

Exposé des communications possibles, par voie de fer, entre la France et l'Espagne.

Le chemin de fer du *Nord* de l'*Espagne*, en mettant en communication, sans discontinuité, *Paris* et *Madrid*, a-t-il résolu le problème de la communication internationale de *France* en *Espagne?*

Nous ne le croyons pas.

(1) Un décret impérial du 10 Septembre 1864 a concédé le Chemin de fer d'Enghien à Montmorency avec des déclivités de 0m,050, au maximum, et des courbes de 250m de rayon au minimum.

A peine la ligne est-elle livrée à la circulation *(20 Août 1864)* que des ouragans de neige *(25 Décembre 1864)* ont interrompu la circulation pendant onze jours, à la cote 1359m, ont compromis le sort de nombreux voyageurs et ont démontré une fois de plus que la science de l'homme ne peut rien encore contre les intempéries des saisons et les convulsions de la nature.

Il lui faut subir la loi qui soumet aux tourmentes et aux neiges irrésistibles les altitudes qui dépassent la cote 1100m,00 sur le versant nord des *Pyrénées* ou des *Alpes*, et la cote 1300m sur le versant sud (1).

Études faites en 1853.

En 1853 le Gouvernement *Français* avait organisé un service d'études de chemins de fer dans la région *Pyrénéenne.* Tous les passages à travers les *Pyrénées* furent alors explorés.

Quelques-uns d'entre eux furent l'objet d'études approfondies.

En courant de l'*Ouest* à l'*Est* on peut noter :

1° Le passage de la *Bidassoa,* entraînant le passage du faîte dans les *Provinces Basques Espagnoles.* C'est le chemin dit *del Norte.*

Sur une longueur de 12 kilomètres il présente 13 tunnels dont un de 2953m de longueur, et un autre de 1158m,50. Le nombre total des tunnels, pour 631 kilomètres de développement, est de 57. Ce chemin de fer traverse le faîte des *Pyrénées* à la cote 614m, le faîte de la *Brujula* à la cote 935m, le faîte du *Guadarrama* à la cote 1359m.

2° Le passage des *Aldudes.* Le tracé partait de *Bayonne*, remontait la vallée de la *Nive*, adoptait des courbes de 300m de rayon, des déclivités de 0m,010, au maximum, jusqu'à *Baïgorry,* de 0m,015 jusqu'aux *Aldudes*, et enfin des déclivités de 0m,022 et de 0m,030, sur une longueur de 9248m, jusqu'à l'entrée du tunnel international, projeté lui-même en rampe de 0m,027 et en courbe.

Le faîte des *Pyrénées* se traversait :

A la cote de 552m,30 pour l'entrée du tunnel international,

A la cote de 696m,70 pour la sortie,

sous un col à l'altitude de 950m, avec 10 puits possibles de 330m de profondeur maximum.

---

(1) Le chemin de fer de Madrid à Saragosse traverse le faîte qui sépare le plateau de Madrid du bassin de l'Ebre à la cote 1220m. — La circulation n'a pas été interrompue.

On descendait sur *Pampelune* avec des déclivités variant de 0m,030 à 0m,022, sur une longueur de 4649m.

La longueur totale du tracé, de la gare de *Bayonne* (Saint-Esprit) à la frontière (milieu du tunnel international), était de.................. 71813m,
de la frontière à *Pampelune*, de.......................... 33424m.

Total............. 105237m.

Le souterrain présentait 5350m de développement.

Les principaux ouvrages d'art, indépendamment du tunnel du faîte, étaient les suivants :

12 petits tunnels de 280m au plus de longueur, de *Bayonne* à la frontière;

8 viaducs sur la *Nive*, présentant 117m de longueur moyenne et 22m de hauteur;

7 ponts sur la Nive, de 15m d'ouverture;

Enfin un grand ouvrage d'art sur l'*Adour*, à *Bayonne*. (1)

Le profil général, partant de la cote 4m à *Bayonne*, atteignait la cote 696m,70, et se terminait à *Pampelune* à la cote 454m,70, après avoir fourni entre les deux points extrêmes une somme de montées de 720m.

3o Le passage de la vallée d'*Aspe*.

C'est celui qui nous occupe encore aujourd'hui.

L'étude de 1853 partait de *Pau*, adoptait des courbes de 300m de rayon et des déclivités de 0m,015, au maximum, et de 0m,011 en moyenne. Le faîte, dont l'altitude était de 1680m, se traversait par un tunnel de 4150m de longueur,

à la cote 1330m en moyenne { entrée...... 1305m,
sortie........ 1352m.

Les principaux ouvrages d'art consistaient en 41 tunnels de 23390m de longueur totale, y compris le tunnel de la frontière dans toute son étendue.

Il nécessitait, en outre, 7 grands viaducs.

---

(1) Cet ouvrage est exécuté aujourd'hui par la ligne de Bayonne à Irun.

Ce projet était difficile à exécuter; il est devenu irrationnel en présence des progrès de la science.

La largeur adoptée pour les voies *Espagnoles*, différente de la largeur admise par les voies *Françaises*, a dû changer toutes ses conditions d'installation.

Tel est l'objet de l'étude que nous soumettons à l'appréciation et à l'examen de tous, dans les développements qui seront donnés plus loin.

5o Le passage de *Gavarnie.*

On s'embranchait à *Tarbes* sur les chemins de fer du *Midi* en construction; on remontait la vallée du *Gave* de *Pau* à l'aide de déclivités de 0m,015 à 0m,035; on atteignait la *Prade* de *Gavarnie*, pour la remonter jusqu'à l'entrée du tunnel, à la cote 1469m, et sortir sur le versant *Méridional* à la cote 1475m.

Le tunnel présentait 6253m de longueur minimum.

(Cette longueur n'a jamais été mesurée exactement; la difficulté des lieux s'oppose à un chaînage direct, et une triangulation présente des difficultés excessives. Le faîte est de 1500m plus élevé que l'emplacement du tunnel (cote 2997m). Il est impossible de songer à accélérer la percée des deux extrémités à l'aide de puits intermédiaires.)

Tout le monde connaît les pittoresques vallées de *Pierrefitte, Cauterets, Luz* et *Gavarnie;* il est donc inutile de mentionner les nombreux ouvrages d'art que nécessitait le tracé. (1)

Nous nous contenterons de rappeler que sur le versant *Français* le projet indique 20 tunnels et de nombreux viaducs.

Sur le versant *Espagnol* le terrain présente également de grandes difficultés.

Les déclivités sont, sur ce versant, de 0m,030 à 0m,035 par mètre. On rencontre, jusqu'à *Huesca*, 12522m de tunnels, et notamment un souterrain de 3660m et un autre de 1500m.

6o Le passage par la vallée d'*Aure.*

On pouvait partir également de *Tarbes* ou de *Toulouse;* on remontait la

---

(1) Le *Moniteur du soir* du 28 janvier 1865 décrit les affreux désordres causés dans la vallée, entre Luz et Gavarnie, par des avalanches qui ont intercepté les communications au point de faire craindre pour l'alimentation des habitants de Gavarnie.

vallée de la *Neste*, le *Rioumajou* et la gorge de *Moudang;* on s'engageait dans les défilés de *Saucourt* pour la traversée du faîte.

On entrait en tunnel à la cote $1505^m,52$.

Le tunnel avait 4520^m de longueur.

Les déclivités étaient de $0^m,030$ par mètre.

On aboutissait, en *Espagne*, à *Barbastro*, d'où l'on est obligé de se replier sur *Monzon*, à 15 kilomètres de distance, pour se souder au chemin de fer de *Saragosse* à *Barcelone*, à 127 kilomètres de *Saragosse*.

7° Le passage par le col de la *Glère* ou *Bagnères-de-Luchon*.

On s'embranchait à *Toulouse* sur la grande ligne du Midi; on remontait les vallées de la *Garonne* et de la *Pique* pour atteindre, avec des déclivités de $0^m,030$ sur plus de 12 kilomètres de longueur, le faîte de la *Glère* (cote 3110^m) que l'on traversait en tunnel, à la cote 1110^m, à l'entrée, et à la cote 1200^m, à la sortie.

Le tunnel présentait 12000^m de longueur, en rampe de $0^m,015$ sur 7000^m de longueur et en pente de $0^m,003$ sur 5000^m *(Projet de M. de Barrande).*

Par ce tracé on descendait, en *Espagne*, également à *Barbastro*, et de là à *Monzon*, où l'on rejoignait la ligne de *Saragosse* à *Barcelone*.

8° Le passage par le *Port de Salau* (de *Toulouse* à *Lérida).*

Ce tracé partait encore de *Toulouse*, atteignait *Boussens* et *St-Girons*, et remontait la vallée du *Salat*, perçait le faîte des *Pyrénées* à la cote 1154^m et ressortait sur le versant *Méridional* à la cote 1249^m.

Le point culminant de la chaîne était de 950^m supérieur au tunnel.

Les déclivités d'accès variaient de $0^m,015$ à $0^m,025$.

9° Le passage par les bords de la *Méditerranée*.

Ce tracé part de *Perpignan*, se dirige vers *Port-Vendres*, et de là pénètre en *Espagne* en franchissant le faîte à la cote 30^m, avec souterrain de 1000^m.

Il est en voie d'exécution.

Les déclivités sont de $0^m,015$ par mètre.

§ II.

Nécessité d'une percée par les Pyrénées Centrales.

La solution des pénétrations de *France* en *Espagne*, par les bords de l'*Océan* et par les bords de la *Méditerranée*, était nécessaire et relativement facile.

Par les bords de l'*Océan* on pénétrait, en effet, sans rencontrer d'obstacles, dans la région des *Provinces Basques*, riches et manufacturières, et un intérêt de premier ordre obligeait l'*Espagne* à rattacher sa capitale à ces provinces.

Par les bords de la *Méditerranée*, on reliait au continent tout entier *Barcelone*, la plus grande cité commerciale de l'*Espagne*, et toute la riche et industrielle province de *Catalogne*.

Ces deux solutions, réclamées dès 1850, et certaines dans un avenir peu éloigné, ne satisfaisaient cependant pas les intérêts des deux nations.

On sollicitait l'ouverture d'un passage par les *Pyrénées Centrales*.

Les études de 1853, dont le § précédent donne le résumé, avaient abouti à démontrer qu'une Compagnie ne pouvait affronter les difficultés d'une voie de montagne, avec des rampes de $0^{m},015$ à $0^{m},020$, au maximum, sans compromettre gravement les capitaux qu'elle engagerait. (1)

Le Gouvernement *Espagnol* avait, du reste, intérêt, comme nous l'avons dit tout à l'heure, à hâter l'exécution de la ligne *del Norte*, et il se montrait assez disposé à attendre du progrès la solution d'une percée centrale.

Depuis 1853 on a franchi les *Pyrénées* et le *Guadarrama* en Espagne; on a traversé les *Alpes* au *Sœmmering;* on les attaque vigoureusement au mont *Cenis* et au *Brenner*, d'*Inspruck* à *Trente;* on a étudié les passages difficiles du *Simplon* et du *St-Gothard*.

En *Amérique*, on a franchi les montagnes *Bleues*, et le génie de l'homme a dû s'inspirer des difficultés à vaincre pour inventer et perfectionner les moyens d'exécution.

Conditions d'installation d'une ligne de montagne.

Il est prouvé aujourd'hui que les meilleures conditions d'installation d'un chemin de fer en pays de montagne sont renfermées dans le programme suivant:

---

(1) On pensait, à cette époque, que ces conditions de rampes limites étaient indispensables pour une bonne exploitation.

1° Maintien de la ligne dans des altitudes telles qu'on n'ait pas à craindre les interruptions de service par le fait des intempéries, tourmentes de neige et avalanches;

2° Exploitation régulière sans division des trains et sans transbordement.

La déclivité des rampes et la longueur des tunnels de faîte ne sont plus que des considérations d'importance secondaire. Elles affectent le capital de construction ou le capital d'exploitation; elles peuvent influer sur l'opportunité d'exécution d'un tracé au point de vue industriel et commercial, mais elles ne doivent jamais faire dévier les projets des deux conditions essentielles que nous venons de poser sans jeter plus tard l'exploitation dans des embarras presque inextricables.

nvénients
acé adopté au
œmmering.

Au *Sœmmering*, de *Vienne* à *Trieste*, on en est à regretter et les courts rayons adoptés et la fâcheuse disposition des rampes inégales qui forcent à décomposer des trains de 380 tonnes en trois parties se suivant à 15 minutes d'intervalle, lorsqu'on arrive au pied de la rampe, à *Gloggnitz*, au *Nord*, ou à *Murzuschlag*, au *Sud*.

La longueur totale de la rampe, sur le versant *Nord*, est de 27935^m, et sur le versant *Sud* de 13005^m; les inclinaisons varient de 0^m,010 à 0,^{m}025, au maximum, mais les courbes descendent parfois jusqu'à 190^m de rayon.

onséquences
rreur commise
ites en argent.

La dépense totale de construction des 40940^m qui s'étendent de *Gloggnitz* à *Murzuschlag* a été de 71,000,000 fr., y compris les intérêts du capital pendant la construction.

En adoptant une pente de 0^m,030 à 0^m,040 on pouvait réduire la longueur de la voie, sur le versant *Nord*, à 13 kilomètres (1), et sur le versant *Sud*, à 7 kilomètres (2).

La dépense de construction eût été alors ramenée à 30,000,000 francs, au plus, car l'adoption de rampes fortes permet de rester plus longtemps en contact avec le thalweg des vallées et amoindrit par suite les obstacles à vaincre.

C'est, à 6 °/₀ d'intérêt (*taux du pays*), une somme de 2,460,000 francs qu'on eût économisée annuellement.

L'augmentation des frais de traction était loin d'absorber cette économie. Nous allons voir que ces frais eussent été moindres. Admettons, en effet, la rampe maxi-

---

(1) Il y a 428^m,90 de hauteur à racheter.
(2) Il y a 217^m,50 de hauteur à racheter.

mum ($0^m,040$) et les rayons de 500 mètres, les frais de traction peuvent être estimés, au maximum, à 15 fr. par train de 380 tonnes et par kilomètre parcouru. (1)

La statistique établit au *Sœmmering* une circulation moyenne de 2,300 trains par an, de 380 tonnes brutes en moyenne.

Ces trains eussent parcouru chacun 20 kilomètres, ce qui donne un total de 2300 × 20 kilomètres, ou 46000 kilomètres parcourus en une année.

La dépense pour frais de traction eût été de..........	690,000 fr
Elle est actuellement de..	797,500 fr
Il y aurait donc eu, pour l'exploitation, une économie de... sur les frais d'ensemble de traction (2).	107,500 fr
Cette économie ajoutée aux........................	2,460,000 fr
d'intérêt que nous signalions tout à l'heure, donne un total de..	2,567,500 fr

pour l'économie annuelle qu'on eût pu réaliser dans l'exploitation du passage du *Sœmmering*, sans augmenter les prix actuels des transports.

Si l'entreprise est prospère, combien l'eût-elle été davantage sans la faute commise !

En exécutant le projet étudié en 1853 pour franchir les *Pyrénées* par la vallée d'*Aspe*, nous nous serions trouvé dans des conditions analogues à celles du passage du *Sœmmering*, tel qu'il existe aujourd'hui.

En modifiant le projet, comme nous l'exposons dans le cours de ce Mémoire, on s'inspire des principes d'économie que nous venons de développer.

Conditions que nous nous sommes imposées dans le nouveau projet que nous présentons.

Dans l'étude que nous avons entreprise nous avons voulu mettre à profit les expériences du passé. Nous maintiendrons donc notre tracé autant que possible dans le thalweg de la vallée. Dans les parties où nous nous en écarterons, nous ne nous éloignerons jamais de la région des terrains cultivés et habités.

L'origine de notre projet sera la ligne divisoire des deux pays, au sommet des *Pyrénées*. Nous franchirons le faîte à une altitude telle que ni les neiges ni les tourmentes n'y soient à craindre.

Dès que le point de passage du faîte aura été déterminé par diverses circons-

(1) Voir appendice A. Une remorque de 186 tonnes coûte, au maximum, 6fr 19c. Avec double traction on obtiendrait la remorque de 380 tonnes. Le combustible n'est pas plus cher au Sœmmering qu'aux Pyrénées.

(2) Il n'est pas besoin de faire remarquer que cette économie sur les frais d'ensemble de la traction tient à ce qu'au lieu de 41 kilomètres exploités il n'y aurait eu que 20 kilomètres.

tances locales nous adopterons une déclivité de $0^m,040$ par mètre, avec courbes de 500 mètres de rayon, pour regagner le plus tôt possible le thalweg lui-même, qui fuit, à l'origine, avec une pente supérieure à $0^m,040$ par mètre.

Sur cette déclivité de $0^m,040$ la voie sera construite avec la largeur des voies *Espagnoles* et de manière à pouvoir être exploitée par des machines spéciales *(semblables ou analogues aux machines en usage sur divers chemins de fer de France)* qui permettront de remorquer les trains les plus lourds arrivant à son pied par les plaines des *Landes* ou des *Gaves*.

Nos déductions, dans tout le cours de la discussion qui va suivre, ne s'appuieront donc pas sur de vaines hypothèses, mais sur des faits réels sanctionnés par l'expérience. Nous prouverons que l'on peut, à travers les *Pyrénées*, construire une ligne qui, à raison de 40,000 fr. de recette brute par kilomètre, peut rapporter à la Compagnie concessionnaire l'intérêt du capital engagé.

Si la ligne nouvelle que nous proposons, en développant l'industrie des transports sur les réseaux existant de chaque côté des *Pyrénées*, est un avantage pour les lignes actuellement exploitées, de *Saragosse* à *Barcelone*, par exemple, et de *Saragosse* à *Madrid*, il est à présumer que l'intérêt particulier, d'accord avec l'intérêt général, saura faire disparaître, au fond de la vallée d'*Aspe*, la barrière des *Pyrénées*.

---

§ III.

Considérations générales sur la topographie des deux pays, Espagne et France, au point de vue des voies de communication.

Avant de passer à la description du tracé nous voulons développer quelques considérations générales sur la disposition toute particulière des deux pays, *Espagne* et *France*, que le chemin de fer que nous projetons a pour but de relier.

L'*Espagne* peut se partager en trois régions principales circonscrites par des obstacles naturels qui gênent leurs communications mutuelles.

La première de ces régions sera désignée par nous sous le nom de région de l'*Océan*.

Elle est comprise entre l'*Océan* au *Nord* et à l'*Ouest*, et le *Guadarrama* au *Sud*.

Le chemin de fer du *Nord* de l'*Espagne* et ses divers embranchements sur *Bilbao*, *Santander*, *Léon*, la *Corogne*, *Vigo*, *Zamora* et *Salamanca*, est appelé à desservir exclusivement cette région.

La seconde région peut s'appeler la région de la *Méditerranée*.

Elle s'étend de la *Méditerranée* à l'*Est*, jusqu'à *Carthagène* au *Sud-Est*, jusqu'au *Guadarrama* à l'*Ouest*, et jusqu'aux *Pyrénées* au *Nord*.

Les chemins de fer de *Catalogne* et le chemin de fer de la vallée d'*Aspe* sont appelés à desservir cette région tout entière et à la relier au continent.

La troisième région sera la région du *Midi* qui s'étend de *Carthagène* à l'*Est*, jusqu'à *Lisbonne* et *Badajoz* à l'*Ouest*, jusqu'à *Gibraltar* et *Cadiz* au *Sud*, et jusqu'au *Guadarrama* au *Nord*.

Tous les produits de cette région doivent inévitablement concourir à *Madrid*.

Le chemin de fer de la vallée d'Aspe est le vrai trait-d'union entre le centre de la Péninsule et le continent Européen tout entier.

Le chemin de fer qui, le plus facilement et le plus rapidement, parviendra du continent à *Madrid* est appelé à servir de lien à toute cette riche portion de l'*Espagne* avec l'*Europe* entière.

Nous démontrerons facilement que c'est le chemin de fer de la vallée d'*Aspe*.

En ne suivant que les lignes de fer d'*Espagne* et de *France*, terminées ou en cours de construction, auxquelles nous ajoutons naturellement la ligne de la vallée d'*Aspe*, depuis son origine sur la ligne de *Toulouse* à *Bayonne*, à *Lacq* ou à *Lestelle*, jusqu'à *Saragosse*, nous voyons en effet que les distances kilométriques sont les suivantes : (1)

De *Madrid* à *Paris* par la ligne du *Nord* de l'*Espagne* et *Bordeaux*.	1452^{km}
De *Madrid* à *Paris* par *Saragosse*, la vallée d'*Aspe* et *Bordeaux*.	1384^{km}
De *Madrid* à *Paris* par *Saragosse*, la vallée d'*Aspe*, *Pau*, *Tarbes*, *Agen*.	1467^{km} par *Lacq*, 1433^{km} par *Lestelle*.
De *Madrid* à *Toulouse* par la ligne *del Norte* et *Bordeaux*.	1124^{km}
De *Madrid* à *Toulouse* par la ligne *del Norte*, *Bayonne* et *Pau*.	990^{km}

(1) Voir appendice C.

De *Madrid* à *Toulouse* par *Saragosse*, la vallée d'*Aspe* et *Pau*.	830km par *Lacq*, 796km par *Lestelle.*
De *Madrid* à *Marseille* par la ligne *del Norte*, *Bayonne*, *Pau* et *Toulouse*.	1414km
De *Madrid* à *Marseille* par la vallée d'*Aspe*.	1254km par *Lacq*, 1220km par *Lestelle.*
De *Madrid* à *Lyon*, par la ligne *del Norte*, *Bayonne*, *Pau* et *Toulouse*.	1566km
De *Madrid* à *Lyon* par la vallée d'*Aspe*.	1406km par *Lacq*, 1372km par *Lestelle.*

Les chemins de fer qui se dirigent de *Madrid* vers la *France* peuvent rejoindre la grande ligne du *Midi* à *Bordeaux*, à *Agen*, à *Toulouse*, à *Narbonne.*

Bordeaux sera l'aboutissant de tous les produits venant du *Nord* et de l'*Ouest* de la *France.*

Agen desservira les houillères du *Centre* de la *France.*

Toulouse concentrera les produits provenant du *Midi* de la *France*, de l'*Italie*, de la *Suisse*, d'une portion de l'*Est* et de toute l'*Allemagne* méridionale.

Narbonne n'arrêtera que les produits à destination de la *Catalogne*. (1)

On peut se rendre un compte suffisamment exact des régions desservies par *Bordeaux*, *Agen* et *Toulouse* à destination de l'*Espagne*, en supposant que sur la carte de *France* on tire une ligne droite d'*Agen* à *Strasbourg*, et une autre ligne d'*Agen* à *Paris*; le territoire *Français* se trouve alors divisé en trois grandes zônes correspondant aux trois aboutissants désignés ci-dessus.

Chacun de ces trois aboutissants n'a pas de ligne plus directe que celle de la vallée d'*Aspe* pour atteindre *Madrid*. (1)

---

(1) Voir appendice C.

§ IV.

Importance capitale de la possibilité d'établir la gare internationale de transbordement obligatoire au pied de la rampe de 0m,040.

La constatation de cette vérité que la ligne la plus courte pour réunir le cœur de la *Péninsule* au reste du continent est la ligne de *Madrid* à *Saragosse* et en *France* par la vallée d'*Aspe*, à l'aide des lignes de fer exécutées ou en cours d'exécution dans les deux pays, est une considération de premier ordre à faire valoir.

Le voie Espagnole devra parvenir jusqu'à Oloron Sainte-Marie.

Une autre considération importante est la possibilité de prolonger la voie *Espagnole* jusqu'à *Oloron*, au pied de la rampe des *Pyrénées*.

Le défaut d'uniformité dans les largeurs des voies *Espagnoles* et *Françaises* force toutes les marchandises à un transbordement à la jonction des deux pays.

Nous verrons plus loin que l'économie industrielle de notre tracé s'appuie sur l'adoption d'une déclivité de $0^m,040$ sur le versant *Français*; cette rampe de $0^m,040$ nous permet, en effet, de nous maintenir le plus près possible du thalweg de la vallée.

Mais l'inconvénient des rampes fortes est d'exiger de puissantes machines, et la puissance de ces machines est limitée, jusqu'à un certain point, par l'impossibilité matérielle de donner au générateur de vapeur la surface de chauffe qui serait nécessaire pour produire un effort puissant.

Les surfaces de chauffe des machines sur voie Française peuvent être augmentées de un tiers pour les machines de même modèle sur voies Espagnoles.

Or la voie *Espagnole* présente $1^m,736$ de largeur tandis que la voie *Française* n'offre que $1^m,50$. La section circulaire d'une chaudière portée par les châssis d'une machine sur les voies *Espagnoles*, dans les conditions d'installation adoptées pour des machines analogues fonctionnant sur les voies *Françaises*, peut être augmentée dans la proportion de $\frac{1^m,736^2}{1^m,50^2}$, soit de 1/3 environ.

Les puissances peuvent dès lors être augmentées dans la même proportion.

La puissance de traction qu'une machine peut développer étant proportionnelle à la surface de chauffe de sa chaudière, pour une même pression, il s'ensuit que des machines construites sur des modèles appliqués en *France* et modifiés suivant le matériel *Espagnol*, pourraient développer une force effective de 1/3 en sus.

On peut en tirer immédiatement la conclusion très-précise que, toutes conditions techniques de construction et toutes circonstances atmosphériques égales, les résistances à la traction sont plus faibles, par rapport aux puissances développées, sur une rampe de $0^m,040$ avec largeur de voie *Espagnole* que sur une rampe de $0^m,030$ avec largeur de voie *Française*.

Les puissances sont en effet :: 4 : 3, puisque les machines sur voies *Espagnoles* sont de 1/3 plus fortes que les mêmes machines sur voies *Françaises*.

Les résistances *(avec courbes de 500^m)* sont :: 44,5 : 34,5.

(Voir pour les calculs de ces résistances l'appendice B.*)*

omparaison avec machines du chede fer du Nord ce.

Une machine à fortes rampes de la Compagnie du *Nord* de *France* développe, à la circonférence de ses roues motrices, une puissance de traction de 5574^{kg}. Elle pèse 41 tonnes, en moyenne.

Une machine, système Petiet, à 4 cylindres, développe une puissance de traction de 8590^{kg}. Elle pèse, en moyenne, 54 tonnes.

Des machines du même modèle produiraient, sur les châssis *Espagnols*, des puissances de 7432^{kg}, avec 48 tonnes de poids, et de 11456^{kg}, avec 66 tonnes de poids.

Ces locomotives permettraient de remorquer sur les rampes de $0^m,040$:

La première, 14 wagons à voyageurs avec au moins 329 voyageurs, ou 115 tonnes de wagons à marchandises, ou 8 wagons chargés;

La seconde, 24 wagons à voyageurs avec au moins 531 voyageurs, ou 186 tonnes de wagons à marchandises, ou 13 wagons chargés.

Ces puissances sont calculées en supposant, à la circonférence des roues motrices, un effort de traction de $44^{kg},5$ par tonne.

A double traction, c'est-à-dire avec deux machines, l'une en tête, l'autre en queue du train, ce qui n'offre aucun inconvénient pour les trains de marchandises, on pourrait remorquer, sur les rampes des *Pyrénées*, 400 tonnes de wagons de marchandises, ou 26 wagons complétement chargés.

Il est de plus à remarquer, dans le tracé que nous projetons, que ce n'est que sur le versant *Nord* des *Pyrénées* qu'existe la forte déclivité. Le versant *Sud* se trouve dans des conditions normales quant aux difficultés du tracé, et son exploitation pourra s'effectuer par les moteurs en usage sur toutes les autres lignes d'*Espagne*. (1)

---

(1) Renseignements donnés par M Arnao, inspecteur général des ponts et chaussées en Espagne.

Le transbordement des marchandises et des voyageurs obligatoire au pied de la rampe peut permettre de gravir cette rampe avec des wagons portant 2 tonnes utiles pour 1 tonne de tare, et 1 voyageur pour 280k de tare. C'est exactement une proportion double de la proportion qu'établit la statistique d'exploitation des chemins de fer Français.

Or cette particularité qu'au pied de la rampe se soudent deux chemins de fer, l'un *Français*, l'autre *Espagnol*, de largeur de voie différente, force l'exploitation à un transbordement des marchandises. Il est clair que par une bonne administration ce transbordement peut être réglé de manière à charger les wagons à leur maximum, et par conséquent de façon à traîner le moins possible de poids improductif derrière la locomotive.

Des wagons de marchandises pesant de 4000^{kg} à 5000^{kg} de tare peuvent porter 10000^{kg} de marchandises *(au moins 2 tonnes utiles pour 1 tonne de tare)*. Des wagons de voyageurs, pesant en moyenne 6500^{kg} de tare, peuvent porter, sans exagération, 23 voyageurs en moyenne, à 70^{kg} par voyageur, bagages à la main compris, soit 1610^{kg}, ou 70^{kg} de poids utile pour 283^{kg} de tare.

Cette proportion est loin d'être atteinte sur les chemins de fer *Français*.

La statistique des chemins de fer français établit, en effet, que le poids moyen d'un wagon est de .... 4000^{kg},
et son chargement moyen *(1 tonne utile pour 1 tonne de tare)*..... 4200^{kg};
que le poids moyen d'une voiture à voyageurs est de.............. 6200^{kg},
et son chargement moyen de 11 voyageurs, à 70^{kg} l'un............ 770^{kg},
soit *70^{kg} de poids utile pour 560^{kg} de tare.*

La tare peut donc être exactement diminuée de moitié par l'exploitation de notre chemin, et l'on arrive forcément à cette conclusion qu'un trafic de 40,000 francs de recette brute par kilomètre peut être obtenu, sur la ligne proposée, sans augmentation de tarifs, à l'aide de moitié moins de véhicules.

Une machine de puissance déterminée, en vertu d'un chargement des véhicules dans la proportion précitée, peut exploiter la rampe de 0m,040 aussi économiquement qu'une rampe de 0m,025 dans les conditions ordinaires de trafic des chemins Français.

Nous arrivons, en outre, à cette autre conclusion qu'une machine de puissance déterminée, traînant deux fois plus de poids utiles qu'elle ne le fait sur les autres chemins *Français*, peut donner sur le chemin projeté, en gravissant la rampe de 0m,040, les mêmes recettes nettes qu'elle produirait en gravissant une rampe de 0m,025 sur nos chemins ordinaires (1).

Si nous tenions compte de la facilité que l'augmentation de largeur de voie nous donne pour augmenter la puissance de nos machines, nous arriverions à des conclusions plus avantageuses encore.

On est toujours assuré d'un chargement complet pour l'ascension de la rampe.

Dans la direction du *Sud* vers le *Nord* tous les wagons des chemins de fer *Espagnols* pourront accéder à la gare de transbordement avec des chargements incomplets; la puissance de traction dans ce sens sera toujours supérieure aux besoins, puisque les rampes sont relativement faibles.

(1) Voir appendice B.

Il est clairement établi, par toutes les données de statistique et par l'expérience du chemin de fer *del Norte*, que le mouvement des marchandises sera beaucoup plus considérable du *Nord* vers le *Sud* que du *Sud* vers le *Nord;* les wagons pourront donc, le plus généralement, retourner à charges complètes, ne serait-ce qu'avec des chargements de houille indispensable pour l'industrie naissante de l'*Aragon*, et que les chemins de fer de *Toulouse* et d'*Agen* amèneront à très-bon prix au pied des *Pyrénées*.

Dans le cas particulier où l'inverse se produirait, ce qui pourrait arriver lors d'une mauvaise récolte, en *France*, de grains ou de vins, correspondant à une récolte abondante en *Espagne*, on organiserait une remonte des wagons vides à l'aide des machines de renfort toujours en feu au pied des rampes. Ces machines pourraient remorquer de 22 à 40 wagons vides. Ces trains supplémentaires accidentels ne seraient pas une gêne pour l'exploitation.

---

§ V.

Le chemin de fer de la vallée d'Aspe peut être exploité à une voie dans des conditions normales. — Recettes. — Dépenses. — Proportion des dépenses aux recettes. — Avantages résultant de l'obligation du transbordement.

Avec des machines aussi puissantes que celles dont on peut disposer aujourd'hui, le chemin de fer que nous proposons peut s'exploiter à une voie, au moins jusqu'à concurrence d'un rendement brut de 40,000 francs le kilomètre.

En effet, d'*Oloron* au pied de la rampe, à *Eygun*, les déclivités seront de $0^{m},020$ par mètre, au maximum; les conditions climatériques sont excellentes. *(Les altitudes varient entre 220^{m} et 530^{m} au-dessus du niveau de la mer.)*

Les moteurs pourront donc remorquer, sans difficulté, des trains

de 115 tonnes pour les machines à trois essieux couplés *(moyennes Creusot)*, pesant 45 tonnes, en moyenne, et pouvant développer 4070^{kg} de traction, (1)

de 182 tonnes, pour les machines à fortes rampes, pesant 41 tonnes, en

---

(1) D'après une note, en date du 3 Avril 1865, que nous transmet M. le directeur du Creusot, on emploie à cette usine, depuis 6 ans, avec un succès complet, une machine-tender à 3 essieux couplés pesant, en moyenne, 34 tonnes : « Leur consommation, leur entretien et leur graissage sont des plus « minimes ; elles marchent également bien dans les deux sens. Deux de ces machines, accouplées « par l'arrière, pourraient facilement remorquer, sur une rampe de $0^{m},040$, 150 tonnes, non compris « leur propre poids. » Construites sur châssis *Espagnols* des machines semblables remorqueraient plus de 200 tonnes. Elles seraient plus avantageuses que les *moyennes Creusot*.

moyenne, et pouvant développer 5574^{kg} de traction, et de 290 tonnes pour les machines spéciales PETIET, pesant 54 tonnes, en moyenne, et pouvant développer 8590^{kg} de traction. (1)

Nous admettons, dans ces calculs, qu'il suffit d'un effort de traction de 24^{kg},5 par tonne, à la circonférence des roues motrices, et que les machines timbrées à 9 atmosphères n'exercent leur puissance qu'à 8 atmosphères (2).

Nombre de trains quotidiens pour produire une recette annuelle de 40,000 fr. par kilomètre.

Dans ces conditions, pour produire une recette brute annuelle de 40,000^{fr} par kilomètre, il suffit, par jour, de 4 trains mixtes de voyageurs et marchandises, dans chaque sens. Cela fait 16 trains parcourant la ligne et devant se croiser au pied de la rampe ou à la station de *Bedous*.

Il est en effet établi par la statistique de 1862 que, sur les chemins de fer *Français*, le produit moyen d'un voyageur, par kilomètre parcouru, est de 6^c 4.

Le produit moyen d'une tonne de marchandises est de 7 centimes.

Nous admettons ces produits applicables à notre chemin de montagne, sans recourir à une augmentation des tarifs proposée cependant par tous les projets étudiés pour la traversée des *Alpes*.

D'*Oloron* au pied de la déclivité les machines à 3 essieux couplés, dites *moyennes Creusot*, conduiraient les trains que les machines dites *à fortes rampes* enlèveraient jusqu'au delà du tunnel.

Nous venons de voir, en effet, qu'une machine à 3 essieux couplés, dite *moyenne Creusot*, pourrait remorquer 115 tonnes sur les rampes de 0^m,020.

Nous établirons plus loin (3) que sur les rampes de 0^m,040 les machines à 4 essieux, dites *à fortes rampes*, pourraient remorquer.................. 115^t,
et celles à 6 essieux.. 186^t.

---

(1) Voir appendice B.

(2) Ces calculs sont établis suivant les données indiquées dans l'appendice B, d'après les machines en usage sur le chemin de fer du *Nord* de *France*, où les chaudières ont une section moindre que les chaudières sur les châssis *Espagnols*, dans la proportion de $\frac{1^m,50}{1^m,736}$. Ces mêmes moteurs pourraient développer, sur la voie *Espagnole*, 1/3 de puissance de plus, ce qui donnerait sensiblement :

153^t pour les machines à 3 essieux couplés (*moyennes Creusot*)... } sur des rampes
243^t pour les machines *à fortes rampes*............... } de 0^m,020 au maximum.
366^t pour les machines spéciales *Petiet*............... }

On voit quelles facilités on aurait pour organiser des trains considérables.

(3) Voir appendice B. Nous supposons, sur les rampes de 0^m,040, que les machines *Françaises* conservent le même type, mais qu'on les a transformées de manière à augmenter leur puissance de 1/3.

Dans les conditions de chargement que nous avons indiquées plus haut, à la remonte, 4 trains mixtes de voyageurs et marchandises transporteraient

329 voyageurs à 6c,4, ce qui produirait...............	21fr 05c
et 231 tonnes de marchandises utiles (1) à 7c...............	16fr 17c
4 trains spéciaux de marchandises porteraient 308t (2) à 7c, ce qui donne...............	21fr 56c
TOTAL...............	58fr 78c
En supposant le chargement sensiblement égal à la descente, on obtiendrait...............	59fr 22c
Ce qui fait un total de	118fr 00c
Soit pendant 365 jours...............	43,070fr 00c
Nous verrons (3) que l'exploitation coûtera...............	19,388fr 80c

ce qui représente 45 p. °/₀ de frais.

Il reste, pour couvrir les intérêts et l'amortissement du capital engagé, par kilomètre (4)............... 23,681fr 20c

(1) 329 voyageurs à 350kg l'un, y compris la tare, donnent 115 tonnes qui, partagées en 4 trains, donnent 29 tonnes par train;

231 tonnes de marchandises, avec tare moitié, donnent 346 tonnes pour 4 trains, soit 86 tonnes par train. — Chaque train se composerait donc de 115 tonnes (29t + 86t).

(2) 308 tonnes de marchandises, avec tare moitié, donnent 462 tonnes pour 4 trains, soit 115 tonnes par train.

(3) Voir appendice A.

(4) Ces calculs, pour arriver au produit annuel de 40,000 fr., sont basés sur des données statistiques. Sur les lignes françaises le rapport entre la recette brute kilométrique des marchandises et celle des voyageurs a été, en moyenne, pour tout le réseau :: 24,356 : 19,202, soit :: 24 : 19, ou environ 4/3.

Si, au lieu de prendre le réseau français tout entier qui comprend les lignes de banlieue de Paris, on ne considère que les lignes dites de transit, et la ligne de la vallée d'Aspe serait dans cette catégorie, on trouve le rapport 2/1.

La statistique du réseau allemand (17800km) donne, en 1861, une proportion plus grande encore (322 millions de marchandises contre 156 millions de voyageurs).

La statistique de la ligne du Sœmmering, de Vienne à Trieste, indique, en 1861, 32,900 fr. de marchandises contre 11,500 fr. de voyageurs, soit le rapport 3/1.

Nous pouvons donc très-bien supposer 76 fr. de marchandises et 42 fr. de voyageurs pour revenu quotidien kilométrique de notre chemin sans être taxé d'exagération ni dans le revenu total ni dans la proportion des revenus. Une ligne internationale centrale, la plus directe, la moins exposée aux intempéries, la plus facile à exploiter, qui ne rapporterait pas 40,000 fr. de recette brute, aux tarifs actuels, ne mériterait nullement d'être construite au point de vue commercial.

Les chemins de fer français ont donné, en 1863, les revenus kilométriques suivants :

Le Nord — 64,000 fr. pour ses 1053km de l'ancien réseau.
Le Paris-Lyon-Méditerranée — 70,500 fr. pour ses 1896km de l'ancien réseau.
L'Est — 48,219 fr. pour l'ancien réseau.
L'Ouest — 55,000 fr. pour ses 900km de l'ancien réseau.
Le Midi — 36,722 fr. pour l'ancien réseau.
L'Orléans — 43,097 fr. pour ses 1637km de l'ancien réseau.

Si l'on eût prouvé, il y a dix ans, que l'on pouvait exploiter, dans les PYRÉNÉES, des rampes variant de 0m,005 à 0m,040, à 45 p. °/₀ de frais d'exploitation sur une recette brute de 40,000 fr. environ, nul doute que les communications que nous projetons aujourd'hui ne fussent exécutées.

Une circulation de 8 trains montants et 8 trains descendants est possible, à une seule voie, sur le chemin de fer de la vallée d'Aspe.

L'exploitation jusqu'à concurrence d'une recette brute de 43,000 fr. peut se faire sur une seule voie.

En effet, 8 trains montants et 8 trains descendants journellement peuvent circuler sans danger sur une seule voie de 50 kilomètres de développement total qui possède, au milieu de son parcours, une station importante où tous les trains doivent changer de moteur.

En admettant une vitesse de 25km à l'heure et les trains se croisant à moitié chemin, il suffirait, depuis 6 heures du matin jusqu'à 6 heures du soir, d'un départ par chaque heure et demie pour la régularité du service. Deux trains ne seront jamais engagés, même dans une seule direction, sur les deux portions de voie séparées par la station centrale, puisqu'il suffira de 1 heure pour parcourir chacune de ces portions.

On pourrait réduire le nombre des trains à 5 trains montants et 5 trains descendants.

Si nous avions supposé l'exploitation de la déclivité par les machines *Petiet*, à six essieux couplés, qui remorquent 186 tonnes au lieu de 115 tonnes que remorquent les machines *à fortes rampes* (1), on eût pu réduire les trains mixtes de voyageurs à 3 au lieu de 4, et les trains de marchandises à 2 au lieu de 4.

Les machines dites *à fortes rampes* eussent fait le service sur la rampe de 0m,005 à 0m,020 en remorquant 186 tonnes au minimum, et les machines *Petiet* eussent enlevé les trains, ainsi composés, sur la rampe de 0m,040 (2).

---

(1) Toujours dans l'hypothèse que la puissance des machines françaises est augmentée de 1/3. Dans l'appendice B on voit que les machines françaises remorqueraient, sur la rampe de 0m,040 : celles à fortes rampes, 81 tonnes; la machine PETIET, 136 tonnes. En considérant que le poids du moteur est loin d'augmenter du 1/3, on arrive aux chiffres de 115 tonnes et 186 tonnes que nous citons, pour des machines espagnoles de même type.

(2) En effet, 329 voyageurs à 350kg chacun (tare comprise) donnent 115 tonnes.

3 Trains pouvant porter 186 tonnes chacun, ou 558 tonnes, laissent alors disponibles pour les marchandises 443 tonnes, soit 295 tonnes de poids utile, à raison de 2 tonnes utiles pour 1 tonne de tare.

De même 2 trains de marchandises, à 186 tonnes l'un, donnent, en poids utile, 248 tonnes, à raison de 2 tonnes utiles pour 1 tonne de tare.

A ce compte les trains journaliers porteraient, à la remonte :

3 Trains mixtes, 329 voyageurs, à 6c,4	21fr 05c
— 295 tonnes de marchandises, à 7c	20fr 65c
2 Trains de marchandises, 248 tonnes, à 7c	17fr 36c
TOTAL *à reporter*	59fr 06c

En conservant le même nombre de trains que tout à l'heure on arriverait à un trafic agrandi dans la proportion de $\frac{186}{115}$, ce qui porterait le rendement kilométrique de.. 43,070fr
à.. 60,661fr,
soit, en nombres ronds, de 40,000 fr. à 70,000 fr.

Les conditions d'exploitation auxquelles nous arrivons sont à peu près les conditions ordinaires d'exploitation des lignes *françaises*, car la statistique établit qu'un trafic de 38,000 fr. par kilomètre correspond, sur la ligne du *Midi*, à une circulation journalière de 16 à 18 trains représentant en moyenne un poids de 135 tonnes par train.

Avec 16 trains seulement nous pouvons donc suffire à une recette plus considérable, quoique nous soyions, en apparence, placés dans des conditions plus défavorables.

Cette particularité d'une importance extrême tient, nous le répétons, à notre situation exceptionnelle.

Avantages considérables à retirer de l'obligation du transbordement des marchandises et des vo- a e

Le transbordement des marchandises, que partout on redoute et que l'on évite aux prix des plus grands sacrifices, est ici obligatoire. C'est au pied de l'unique rampe notable de la ligne que ce transbordement doit s'effectuer. On a tout le nouveau chargement à sa disposition pour la meilleure utilisation des véhicules et des moteurs.

ex loitation de a am e de la val- 'Aspe peut se e dans les condi- 'exploitation moyenne des de fer fran-

Si nous avons été clair dans nos énonciations et dans nos calculs, on ne s'étonnera pas de trouver dans les montagnes des *Pyrénées* un chemin de fer presque aussi économique, au point de vue du rendement kilométrique, que les chemins de plaine, puisque, avec les mêmes tarifs, nous ne dépassons pas, en moyenne, dans nos dépenses, la proportion de 45 % des recettes brutes (1).

Nous n'avons nul besoin de recourir aux systèmes nouveaux que les difficultés à vaincre dans la traversée des montagnes ont fait surgir coup sur coup:

Report............	59fr 06c
En supposant le même nombre de trains et le chargement égal à la descente...	58fr 94c
On obtient une recette brute kilométrique quotidienne de.	118fr 00c
Soit pour 365 jours..............................	43,070fr 00c
L'exploitation, avec ces machines (voir appendice A), coûte 5 fr. 34 c., en moyenne, par train parcourant un kilomètre, soit pour 10 trains par jour : 53 fr. 40 c.	
Et pour 365 jours..............................	19,491fr 00c
Soit environ 40 % de recette brute, Il reste....	23,579fr 00c

pour couvrir les intérêts et l'amortissement du capital engagé.

(1) Voir l'appendice F où l'exploitation du chemin de fer de la vallée d'Aspe est comparée à l'exploitation du réseau français et de la ligne de Vienne à Trieste.

Système *Flachat* qui organise les véhicules en moteurs supplémentaires ;

Système *Flachat* à rails en acier de 80^{kg} pour supporter des machines monstrueuses de 17 tonnes de poids par essieu moteur;

Système *Agudio* à câble et wagon locomoteur.

Nous nous trouvons placés, par la nature, dans des conditions telles que la difficulté de la rampe disparaît et que nous rentrons dans le système général de l'exploitation des lignes ferrées que nous devons réunir, sans autre transbordement que celui qui est obligatoire à la jonction des voies *Françaises* et *Espagnoles*, sans division de trains, sans encombrement de circulation.

Il nous reste à démontrer que nous remplissons deux autres conditions essentielles.

Notre ligne est à l'abri de toutes les intempéries autant qu'une ligne de plaine;

Elle est aussi économique.

Ce sera l'objet des paragraphes suivants.

---

§ VI.

DESCRIPTION DU TRACÉ (1)

1° *Déclivités de* $0^{m},040$ *à* $0^{m},025$ *par mètre* (17745^{m}).

Détermination de l'emplacement de la percée internationale.

Il nous a semblé rationnel de déterminer d'abord les conditions de la percée du faîte de la chaîne des *Pyrénées*.

Il importe que l'entrée et la sortie du tunnel se trouvent placées dans des conditions telles que leurs abords soient faciles et qu'ils soient complétement abrités. (2)

---

(1) Toutes les cotes de hauteur sont rapportées au niveau moyen de la mer, à Bayonne, comme 0.

(2) Dans l'appendice K, à la fin de ce mémoire, nous indiquons le moyen, à l'aide d'aiguilles de rebroussement, de ramener le souterrain à n'avoir plus que 3200^{m} de longueur aux altitudes, 1442^{m} au Sud et 1346^{m} au Nord.

Il importe, en outre, que le tunnel lui-même soit tracé en ligne droite et qu'il passe sous le faîte en des points où l'on puisse facilement établir des puits ou des galeries d'extraction.

Sur le versant *Sud*, nous avons choisi pour l'entrée du tunnel les abords de l'usine de *Langlasset*, au fond du thalweg que nous pouvons suivre avec des déclivités normales de 0m,015 à 0m,020.

Sur le versant *Nord* nous sortons aux forges d'*Abel*, habitées toute l'année, à l'abri complet des tourbillons, aux abords d'une prairie où pourrait se développer un établissement aussi considérable qu'on pourrait le désirer.

Nous avons adopté une pente constante de 0m,030 par mètre (1), dans l'intérieur du tunnel, entre deux paliers, pour tenir compte de l'humidité constante qui lubrifiera les rails et rendra l'adhérence de la machine peut-être moins puissante que sur le reste de la ligne, à ciel ouvert, où la pente est de 0m,040 par mètre.

...e projet est pré-...té comme en-...t d'Espagne en ...ce.

Nous présentons donc notre projet de chemin de fer dans la direction du Sud vers le Nord, ou de l'*Espagne* vers la *France;* c'est dans cette direction que nous avons dû l'étudier afin de ne rien laisser d'incertain quant à l'emplacement et à la direction du tunnel et de ne rien sacrifier aux obstacles de moindre importance que nous devions rencontrer sur notre passage.

...e versant Sud ...Pyrénées est ...ins abrupt que le ...t Nord.

Il est à remarquer que, dans toute la région des *Pyrénées* qui correspond en *France* au bassin de l'*Adour*, le versant Nord des montagnes est infiniment plus abrupt que le versant Sud.

On est tout étonné, lorsqu'en venant de *France* on a gravi péniblement, à l'aide de circuits nombreux, la chaîne des *Pyrénées*, de trouver devant soi des vallées élevées vers lesquelles descend la route en pente douce et uniforme.

Cela tient au plus long développement des cours d'eau *espagnols* qui ont plus d'espace à parcourir pour gagner la *Méditerranée*, par l'*Ebre*, que les cours d'eau *français* qui gagnent l'*Océan*, par l'*Adour*.

La ville de *Saragosse* est, à 170km de la frontière, sensiblement à la même altitude qu'*Oloron-Sainte-Marie* qui n'en est éloignée que de 50km. Le

---

(1) Si l'on n'attaquait le tunnel que par les deux têtes il conviendrait, pour se débarrasser naturellement des eaux d'infiltration, de le placer en rampe de 0m,005 par mètre, sous le versant *Sud* et en pente de 0m,03 sous le versant *Nord*. — En faisant pivoter vers le *Sud* l'alignement du tunnel, autour de l'entrée du *Nord*, on obtiendrait une nouvelle direction qui ne dépasserait pas, en longueur, celle du projet de plus de 400m.

Rio-Aragon, qui est l'affluent de l'*Ebre* correspondant au *Gave d'Aspe*, affluent de l'*Adour*, parcourt un espace de 300km au moins avant de conduire ses eaux à *Saragosse*, quand le *Gave d'Aspe* arrive après 50km à *Oloron*. On peut ainsi se rendre compte de la haute vallée qu'il forme et le long de laquelle aucun obstacle sérieux ne se présente à l'exécution d'un chemin de fer.

Tunnel de Somport.

Nous admettons donc, dans la description de notre projet, qu'on arrive d'*Espagne* à la suite de tous les chemins de fer construits ou concédés et qu'on pénètre en souterrain à la cote 1255m, sur le versant méridional des *Pyrénées*. Cette altitude correspond, sous le rapport des intempéries, à peu près à la cote 1050m sur le versant *français*. (1)

Nous traversons le faîte en ligne droite et dans une partie si facilement accessible que le chaînage du souterrain a pu être fait directement, sans qu'il eût été nécessaire de recourir à une triangulation. La longueur du tunnel est donc exactement déterminée et égale à 6700m.

Le faîte est franchi en un point où il atteint la cote 1687m;

La voie de fer descendant à 0m,030 par mètre vers le versant *Nord* est, en ce point, à la cote 1161m,25;

Le col de *Somport* que franchit la route impériale no 134 est à la cote 1640m.

En jetant les yeux sur le plan et le profil du souterrain on reconnaît qu'il peut s'attaquer par plusieurs puits ou galeries.

3 Puits peuvent être entrepris sur le versant méridional; ils auraient 158m,55, 256m,75, 294m,25 de profondeur.

2 Puits peuvent être déterminés sur le versant *Nord*, à 214m et 309m,15 de profondeur.

Entre les deux puits les plus rapprochés du faîte il reste un intervalle de 2630m, en ligne droite, que l'on pourrait diviser en autant de parties que l'on voudrait, à l'aide de puits de 400m à 500m de profondeur. Nous avons pensé qu'il vaudrait mieux recourir à des galeries d'extraction inclinées à 0m,50 par mètre vers le tunnel, et qui serviraient à son aérage central et à ses communications avec le sol.

---

(1) Cela résulte d'observations faites en 1854 et 1855. Les neiges persistent moins à cette hauteur, sur le versant *espagnol*, qu'à la cote 1000m sur le versant *français*. Le vent régnant en hiver est le vent du *Sud*. Voir appendice E.

La pratique du *Mont Cenis* permet d'affirmer aujourd'hui que l'on peut avancer dans les roches les plus dures de $1^{m},50$ par jour à l'aide des perforateurs à air comprimé (1).

Il faudrait, à ce compte, six ans et demi pour percer le tunnel, en l'attaquant par les deux extrémités, et deux ans et demi en adoptant le système des galeries que nous proposons (2).

Si l'on s'en tenait aux méthodes anciennes on peut admettre, sans hésitation, que l'on avancerait au moins de $0^{m},50$ par jour (3). A l'aide des galeries que nous proposons, et sans recourir à des puits intermédiaires dans la région du faîte, il faudrait sept ans et demi pour réunir les diverses galeries entre elles.

Ces conditions d'exécution ne sont nullement redoutables. On a mis huit années, de 1856 à 1864, pour livrer à la circulation le chemin de fer du *Nord* de l'*Espagne*, de *Madrid* à *Irun*.

En appliquant les procédés ordinaires de roctage au tunnel des *Pyrénées*, et en réservant les procédés à air comprimé pour les deux galeries inclinées, il faudrait quatre années pour joindre les deux extrémités.

Le terrain à traverser varie du grès bigarré au calcaire compact. Le grès est dur, mais très-souvent schisteux; le calcaire est de l'ordre des calcaires marbres provenant, comme le Marboré de *Gavarnic*, d'une déchirure des terrains crétacés.

La route impériale n° 134, qui se termine en ce moment jusqu'au col de *Somport* (1640^{m}), a rencontré tous ces terrains, qui n'ont opposé aucun obstacle sérieux à sa construction.

b[ouc]hé du tun- le versant çais.

On débouche du tunnel aux forges d'*Abel*, haut-fourneau établi il y a plus de 40 ans au fond de la vallée pour l'utilisation des minerais de fer des environs et des bois qui couvrent les flancs des montagnes.

on de la fron-

La petite plaine qui se rencontre à la sortie du tunnel est parfaitement abritée et pourrait être utilisée pour l'établissement de la station douanière. Nous avons ménagé dans cet objet un palier à la cote 1054^{m}.

---

(1) Voir à la suite de l'appendice D l'extrait d'une note de M. Sommeiller, ingénieur-directeur des travaux du mont Cenis, en date du 25 juin 1865.

(2) Voir appendice D.

(3) Au tunnel du Lioran (Auvergne), il y a 20 ans, dans les roches primitives, l'avancement était de $0^{m},50$; au tunnel d'Oazurza (Pyrénées), l'avancement était de $0^{m},80$ dans des schistes durs.

La station servirait de point de ralliement à tout le personnel chargé de veiller à l'entretien de la voie dans le tunnel et aux abords.

A partir de cette station nous descendons à 0m,040 par mètre vers le fond de la vallée.

Nous traversons deux fois le *Gave d'Aspe* par des ponts de 15m d'ouverture biaise, afin d'éviter les débris de l'avalanche de *Laleur*, qui vient expirer au fond du vallon (1), et nous adoptons définitivement, pour y asseoir notre ligne, le versant exposé à l'*Ouest*, où les neiges persistent le moins longtemps, témoin tous les villages et toutes les habitations permanentes du pays qui recherchent cette exposition.

Tunnel de Pène d'Arrêt.

Le tracé côtoie la route impériale no 134, construite il y a 15 ans à peine, et, comme elle, vient se heurter au rocher calcaire de *Pène d'Arrêt*. La route a tourné le rocher en l'entaillant verticalement sur 18m ou 20m de hauteur. Nous le perçons par un tunnel de 360m.

Après avoir traversé l'obstacle de *Pène d'Arrêt*, nous nous trouvons, jusqu'aux environs d'*Urdos*, comme la route impériale, sur un terrain couvert de cultures et formé de débris calcaires provenant des rochers supérieurs. Ce terrain est très-solide et n'offre nullement le caractère des terrains d'éboulis que l'on rencontre à chaque instant dans les *Alpes* ou dans les *Pyrénées* du *Guipuzcoa*.

La route Impériale no 134 est souvent en déblai dans ces terrains; elle n'a pas eu à se défendre contre des éboulements ou des glissements de terrain. (1)

Notre tracé rencontre cependant cinq ravins où viennent expirer les coulées des neiges. La route Impériale, couverte parfois par ces accumulations de neige, en laisse passer les débris sous des aqueducs à plans très-inclinés. Aucun dégât n'est commis par ces masses arrivant sans vitesse et sans force. De simples murs de soutènement, construits parallèlement à la ligne, suffiront pour les arrêter. Nous avions d'abord songé à faire passer ces coulées dans des glissières en maçonnerie formant voûte par dessus le chemin de fer. Une étude détaillée des phénomènes nous a démontré l'inutilité de ces précautions. (2)

Station d'Urdos.

Le tracé passe au-dessus du village d'*Urdos*, où nous ménagerons une station en palier, en dehors de la ligne directe.

Nous continuons à descendre sur le flanc des coteaux d'*Urdos* jusqu'au rocher qui ferme l'entrée nord du vallon et sur lequel est construit le fort dit d'*Urdos*.

---

(1) Voir appendice E, Avalanches.

(2) Notre tracé côtoie souvent la route et la déplace. Cette route a coûté environ 40,000 fr. par kilomètre, y compris les ouvrages d'art et la chaussée. Elle présente 6m de largeur entre fossés.

(3) Voir appendice E.

Tunnel du fort d'Urdos.

Nous perçons ce rocher au-dessous du fort, à la cote 774^{m}, ce qui nous donne un souterrain, dans le calcaire compact, de 650^{m} de longueur.

Immédiatement après ce souterrain se rencontre le ravin de *Sescoué* que nous franchissons à l'aide d'un pont en tôle de 77^{m} d'ouverture. Puis, après ce ravin, le rocher calcaire se dresse de nouveau devant nous, de façon à nécessiter un autre tunnel de 90^{m} de longueur (1), au-dessous d'un chemin dit de la *Mâture* construit par l'État vers 1770 pour l'exploitation des forêts de sapin du vallon de *Sescoué*.

Le tracé descend toujours à 0^{m},040 par mètre et cependant il est, au fort d'*Urdos*, à 80^{m} environ au-dessus du fond de la vallée.

Mais la pente du thalweg diminue et notre ligne s'en rapproche rapidement.

Tunnels compris entre le fort d'Urdos et le village d'Etsaut.

Après la traversée des tunnels du fort d'*Urdos*, nous suivons le flanc de la montagne où se dressent, à chaque pas, des murailles calcaires quasi-verticales.

Avec des courbes de 300^{m} et 400^{m} de rayon nous passerions dans ces rochers moitié en galerie, moitié en déblai.

Nous avons préféré conserver nos courbes de 500^{m} de rayon minimum et créer de petits souterrains dans cette masse rocheuse.

Le tracé offre donc quatre petits souterrains de 470^{m} à 65^{m} de longueur jusqu'aux abords du village d'*Etsaut*.

Le vallon du *Sadun*, ou ruisseau d'*Etsaut*, nous force à subir une courbe et une contre-courbe qui exigeraient encore des rayons de 300^{m} et 400^{m} pour permettre au tracé de s'adapter au flanc de la montagne. Nous avons préféré conserver nos rayons de 500^{m} et entrer en tunnel sur la rive droite du ravin; nous avons là quatre autres tunnels de 280^{m} à 30^{m} de longueur, dans un rocher très-tenace.

Nous franchissons le ruisseau d'*Etsaut* par un pont de 10^{m} d'ouverture, les déblais des abords suffiront pour l'exécution du remblai par dessus cet ouvrage d'art.

Notre tracé est désormais à une faible hauteur au-dessus du *Gave d'Aspe*. Nous suivons le flanc de la montagne à l'aide de courbes qui atteignent parfois

---

(1) La route Impériale évite l'obstacle du rocher du fort en traversant le Gave pour longer la rive gauche. Elle retraverse le Gave 1^{km} plus loin pour reprendre la rive droite.

1000^{m} de rayon et nous arrivons au village d'*Eygun* où se trouve, sur un palier de 400^{m} de longueur, la station de la plaine.

Pendant le dernier kilomètre nos déclivités ont successivement passé de 0^{m},040 à 0^{m},035, puis à 0^{m},025, pour aboutir au palier de la station, à la cote 530^{m},50 au-dessus du niveau de la mer.

Station d'Etsaut-Borce-Eygun ou de la plaine. Extrémité de la forte pente.

L'emplacement choisi pour la station permet un développement de trois ou quatre hectares tout à fait suffisant pour l'installation des remises destinées à abriter les machines *à fortes rampes* et les machines de renfort.

A cette cote si peu élevée (530^{m},50) nous rencontrons cependant encore les produits d'une avalanche dont les parties fluides ont gagné, en 1855, jusqu'à la route Impériale.

Cette avalanche, qui ne s'est pas produite pendant l'hiver si neigeux de 1864-1865, avait si peu de force vive qu'en rencontrant la route Impériale et le mur en pierre sèche qui la couronne elle a dévié vers l'aval pour s'épanouir plus complétement. Un simple mur de soutènement de 3^{m} de hauteur, sur la crête des talus de la station, arrêtera très-facilement le glissement de ces neiges qui ne descendent si bas dans le fond de la vallée que lorsqu'elles sont à l'état de semi-fluidité.

Longueur de la forte déclivité sur le versant français. 17745^{m}.

Pente moyenne 0^{m},0355 par mètre.

C'est à la station d'*Eygun* que se termine notre tracé à fortes déclivités.

Depuis la frontière jusqu'à l'origine du palier de la station d'*Eygun* la longueur du tracé est de 17745^{m}, et nous avons passé de la cote 1161^{m},25 à la cote 530^{m},50, ce qui donne une pente moyenne de 0^{m},0355 par mètre.

Depuis l'origine de la pente de 0^{m},030, à l'entrée du tunnel sur le versant *espagnol*, jusqu'à l'entrée de notre station, la distance est de 20870^{m} et les cotes extrêmes sont respectivement 1255^{m} et 530^{m},50. La pente moyenne est de 0^{m},0347 par mètre.

Cette distance de 20870^{m} est celle qui devra être franchie par les machines spéciales.

Cependant, comme nous ne nous occupons que du projet de la frontière à *Oloron-Sainte-Marie* et que l'estimation de nos dépenses est limitée à ces points extrêmes, nous ne compterons en exploitation, dans l'évaluation de nos produits, que la distance comprise entre ia frontière et l'origine de notre palier d'*Eygun*, c'est-à-dire 17745^{m}.

2° Déclivités de $0^m,020$ à $0^m,000$ (32155m).

Depuis la station d'*Etsaut-Borce-Eygun* jusqu'à *Oloron-Sainte-Marie* le tracé suit désormais le thalweg de la vallée. Les déclivités diminuent et nous n'en rencontrons plus désormais qui soient supérieures à $0^m,020$ par mètre.

Station d'Etsaut-Borce-Eygun.

Le palier de la station d'*Etsaut-Borce-Eygun* est à la cote $530^m,50$; nous lui avons donné 400^m de longueur pour permettre la manœuvre des machines de traction qui doivent se substituer les unes aux autres.

Après le palier d'*Eygun* le tracé s'engage dans des gorges qui s'étendent jusqu'au pont d'*Esquit*, origine du vallon de *Bedous-Accous*.

La route Impériale n° 134 suit tous les contours des rochers calcaires qui encaissent le *Gave;* notre tracé, avec ses courbes de 500^m de rayon minimum, tranche quelques arêtes rocheuses et exige la déviation de la route en plusieurs points.

Traversée du Gave. Deux ponts de 20^m d'ouverture.

Les coudes du *Gave*, derrière la maison dite de *Lestanguet*, sont si brusques, que nous avons admis la nécessité de passer la rivière pour la retraverser 300^m plus loin et désormais garder la rive droite jusqu'à *Bedous*. — Ces ponts biais ont 20^m d'ouverture.

Les terrains rencontrés sont partout des calcaires durs, plus ou moins schisteux, mais passant souvent au marbre compact; ils présentent toutes les conditions de stabilité désirables pour les talus de déblai de roc et nous trouverons dans les grandes tranchées les matériaux de construction nécessaires pour tous nos ouvrages d'art.

Nous avons donc préféré, en certains cas, des tranchées de 20^m et 25^m de hauteur, sur l'axe, à de petits tunnels, quoiqu'il n'y ait pour ainsi dire pas d'avantage au point de vue de la dépense.

Tunnels du pont d'Esquit.

Nous avons fait exception en deux points du tracé. Aux abords du pont d'*Esquit*, entre les kilomètres 21 et 23 du tracé, nous avons préféré deux tunnels de 200^m aux tranchées qu'à la rigueur nous eussions pu exécuter.

Au premier tunnel correspond une chute de neige qui se détache du haut des crêtes rocheuses surplombant la route impériale et vient parfois l'encombrer. Cette espèce d'avalanche aux dimensions réduites nous obligerait peut être à la création d'un large passage supérieur à la voie pour éviter l'obstruction de la tranchée du chemin de fer.

Le second tunnel est sous le rocher qui domine le pont d'*Esquit*. La verticalité des massifs calcaires, en ce point, oblige la route à se jeter dans le *Gave* contre lequel elle se protége à l'aide de murs en pierres sèches. Le tunnel est plus économique que la tranchée si l'on ne trouve pas à utiliser tous les matériaux qui en proviennent.

Le *Gave d'Aspe* n'est pas une rivière redoutable. Il roule sur un fond de roche calcaire qui assure des fondations extrêmement solides à toutes nos constructions.

Nous avons admis que nous le franchirions entre les kilomètres 21 et 22 du tracé à l'aide de poutres en tôle de 20^m de portée totale.

Ces ponts sont biais et présentent une ouverture droite de 14^m de largeur au minimum; cette largeur est supérieure à celle de 12^m que présente la voûte du pont d'*Esquit* situé en aval, et dont la durée est plus que séculaire.

Pont de la Berthe

Entre les kilomètres 23 et 24, dans la plaine de *Bedous-Accous*, notre tracé coupe le ruisseau la *Berthe* dont les déjections rocailleuses ont relevé le lit au-dessus de la plaine voisine.

La route impériale traverse ce ruisseau par un pont de 8^m d'ouverture dont les poutres en bois ne sont pas à plus de 1^m en contre-haut du lit du ruisseau. Nous avons projeté pour la traversée du même ruisseau un pont de 10^m d'ouverture en tôle. La partie inférieure des poutres sera à 1^m,60 en contre-haut du fond du lit.

Station de Bedous-Accous.

Les déclivités du tracé ont varié, depuis *Eygun*, entre 0^m,020 et 0^m,007 par mètre. Nous atteignons la station de *Bedous-Accous* à la cote 401^m,45.

Nous sommes, en ce point, à 26145^m de l'origine du projet (frontière).

Pont du Gave d'Aydius.

A l'entrée de la station de *Bedous-Accous* nous traversons le *Gave d'Aydius* qui nécessite, comme le ruisseau la *Berthe*, un pont en tôle de 10^m d'ouverture.

La station de *Bedous-Accous* pourra prendre le développement superficiel que l'on jugera à propos de lui donner. Elle se trouve dans une plaine assez étendue, à proximité de quatre villages importants.

Le petit vallon de *Bedous*, où s'exploitent des ardoises et des marbres et où surgit une source sulfureuse, peut acquérir une certaine importance industrielle. Les forces motrices que le *Gave d'Aspe*, la *Berthe* et le *Gave d'Aydius* permettent de créer, seraient, en ce point, à la disposition d'une population assez condensée.

Gorges de Sarrance.

Après avoir quitté le vallon de *Bedous* nous nous engageons, pendant 8^{km}, dans les dernières gorges de la vallée d'*Aspe*.

Pour éviter de franchir le *Gave d'Aspe*, ce qui nous mettrait en contact avec des marnes de mauvaise nature qui apparaissent sur la rive gauche du *Gave*, nous passons en tunnel sous la côte de *Bedous* que gravit la route Impériale n° 134.

Le terrain rencontré est une brèche agglutinée par un ciment calcaire; elle sera facile à percer.

Quatre ponts de 25^{m} sur le Gave d'Aspe.

Les sinuosités du *Gave d'Aspe* ne nous permettent pas de suivre son cours en maintenant nos rayons obligatoires de 500^{m}.

Halte de Sarrance.

Les eaux tourbillonnent au milieu de rochers aigus de calcaire marbre qui nous obligent à traverser quatre fois la rivière, à l'aide de ponts de 25^{m} d'ouverture, jusqu'aux abords du village de *Sarrance* où nous avons ménagé un palier. On pourra, si on le désire, y installer une halte à la cote 351^{m},45.

La déclivité du projet, depuis la station de *Bedous*, est uniformément de 0^{m},010 par mètre et sur 5^{km}.

Trois tunnels.

Indépendamment des ponts de 25^{m} sur le *Gave* et du tunnel de la côte de *Bedous*, de 310^{m} de longueur, nous avons encore à noter, sur ce parcours de 5^{km}, un tunnel de 130^{m}, entre le 28e et le 29e kilomètre, et le tunnel de la côte de *Lamoulette* de 420^{m} de longueur.

Quatre autres ponts de 25^{m} sur le Gave. Deux tunnels.

Après le palier de *Sarrance*, qui se trouve à la cote 351^{m},45, le *Gave* devient plus sinueux encore; il nous oblige, sur 3^{km}, à le traverser quatre fois et à percer deux petits tunnels de 100^{m} et 120^{m} de longueur dans les croupes que contourne le torrent.

Nous donnerons aux huit ponts sur le *Gave*, que nous avons dû projeter depuis *Bedous*, 25^{m} d'ouverture biaise; les ponts de la route Impériale, qui traverse elle-même 3 fois le *Gave d'Aspe* dans le même parcours, présentent une ouverture qui varie entre 10^{m} et 15^{m}, selon les escarpements des rochers sur lesquels s'appuient les fondations de l'ouvrage d'art.

Pène d'Escot.

Les déclivités du projet ont varié de 0^{m},020 à 0^{m},005 par mètre depuis le palier de *Sarrance*, et l'on atteint, à 35645^{m} de l'origine, la cote 310^{m},45 et l'extrémité de la *Pène d'Escot*, la porte de la vallée d'*Aspe*. (1)

En dehors de la *Pène d'Escot* on débouche dans la plaine dite d'*Olorón* où s'épanouissent les villages d'*Escot*, de *Lurbe*, d'*Asasp*, d'*Arros*, d'*Eysus*, de *Gurmençon*, de *Bidos*, d'*Agnos* et la vallée d'*Oloron-Sainte-Marie*.

Nous nous trouvons dès lors dans les conditions ordinaires des chemins établis au fond des vallées ouvertes.

Un peu au delà d'*Escot*, au kilomètre 36, nous évitons de traverser le *Gave* en le déviant de son lit actuel. Il convient que nous restions sur la rive droite de la rivière pour desservir le village de *Lurbe*, l'établissement d'eaux minérales de *Saint-Christau* et la route thermale créée, en 1861, pour réunir les vallées d'*Ossau* et d'*Aspe*.

Cette route thermale viendra se souder à la route Impériale n° 134, en face du village d'*Asasp*, à l'aide d'un pont que l'on va construire sur le *Gave*.

Le pont servira de trait d'union entre les populations de cinq vallées dans cette portion des *Pyrénées*. (2)

Station de Lurbe-Asasp.

L'emplacement de la station de *Lurbe-Asasp* était donc indiqué. Elle s'établit au kilomètre 40, en palier de 400^{m}, à la cote 272^{m},05, près du pont d'*Asasp*.

Entre le 38e et le 39e kilomètre nous n'avons pas voulu nous assujettir à suivre les sinuosités du *Gave*, nous avons préféré percer par un souterrain de 560^{m} le contre-fort de *Lurbe*. Ce tunnel est dans le roc calcaire.

Dans une étude définitive on devra examiner s'il ne serait pas plus économique de dévier la rivière aux abords du kilomètre 38 et de la traverser vis-à-vis *Asasp* plutôt que d'exécuter ce tunnel.

Nous continuons à suivre la rive droite du *Gave* jusqu'au village d'*Eysus*. Il nous faut, en ce point, traverser la rivière pour éviter les coteaux de plus en plus en plus tourmentés qui se continuent, sur cette rive, jusqu'à la ville d'*Oloron*.

La rive gauche, au contraire, présente une plaine très-unie couverte de nombreuses habitations.

Pont d'Eysus de 30^{m} d'ouverture.

Le pont sur le *Gave* aura 30^{m} d'ouverture; les fondations reposeront sur le roc apparent.

---

(1) Une inscription romaine gravée sur les pittoresques rochers de la Pène d'Escot rappelle le passage de L. Verus.

(2) Vallées d'*Ossau*, d'*Aspe*, d'*Issor*, d'*Arette*, de *Tardets*.

Station d'Eysus-Gurmençon.

Bientôt après le pont d'*Eysus* nous atteignons la station d'*Eysus-Gurmençon*, à la cote 250^m,25.

Nous avons projeté cette station en palier de 600^m de longueur et dans un déblai de gravier où nous avons cru trouver les terres pour les remblais des abords et tout le ballast nécessaire pour une grande partie du tracé en plaine.

Après la station d'*Eysus-Gurmençon* le tracé traverse la plaine, coupe la route Impériale n° 134 par un passage à niveau, passe derrière le séminaire d'*Oloron-Sainte-Marie*, et, en enlevant deux maisons sans importance de la rue du quartier de *Sainte-Marie*, vient rejoindre la station projetée du chemin de fer de *Lacq* ou *Artix* à *Oloron*.

Gare d'Oloron Ste-Marie.

La station d'*Oloron-Sainte-Marie* est à la cote 220^m en moyenne; elle présente des pentes variant de 0^m,001 à 0^m,003 et à 0^m,010, sur 1000^m de longueur. Son extrémité est à la cote 215^m,92.

On pourrait transformer toutes ces pentes en palier en relevant de quelques mètres le point extrême. (1)

Cette station était projetée pour le chemin de fer de *Lacq* à *Oloron* dans des proportions assez restreintes, et sans que nous attachions aucune importance aux faibles pentes qu'elle présentait.

Maintenant que nous en faisons le lieu de jonction des chemins de fer *espagnols*, à large voie, avec les chemins de fer *français*, il convient de prévoir l'extension considérable qu'elle devra prendre, soit comme remise d'un matériel important exigeant des ateliers spéciaux de réparation, soit comme entrepôt des marchandises à transborder, soit enfin comme double gare à voies *espagnoles* et à voies *françaises*, puisque les deux matériels devront s'y rencontrer.

L'expérience n'a pas encore prononcé sur l'importance d'une pareille gare.

La gare de *Hendaye*, à la jonction des chemins de fer du *Midi* de *France* et du *Nord* de l'*Espagne*, peut acquérir, vers la baie de *Hendaye*, un développement indéfini.

La gare d'*Oloron* peut sans peine occuper, dans le coude que fait le *Gave*, un espace de 25 hectares. Nous avons indiqué cet espace sur le plan. On pourra l'agrandir autant que l'on voudra, soit en déblayant le coteau jusqu'à la route départementale n° 3, soit en prolongeant la *gare* dans la plaine où dès lors l'espace est indéfini.

---

(1) Nous ne l'avons pas fait pour permettre de voir clairement la soudure des deux chemins.

Extrémité du projet. — Pentes moyennes de ses diverses parties.

Nous arrêtons notre projet à l'extrémité de la *gare*, après un parcours de 32155^m depuis la station d'*Etsaut-Borce-Eygun* et de 49900^m depuis l'origine.

La cote d'arrivée étant......................................	215^m,92
et la cote d'origine ou de départ étant..........................	1161^m,25
La différence de niveau est de..........	945^m,33

Il s'ensuit que la pente moyenne de notre tracé, qui ne présente pas une seule déclivité en sens inverse, est de 0^m,0189 par mètre.

De la frontière à la station d'*Etsaut-Borce-Eygun* la pente moyenne est de 0^m,0355 par mètre sur 17745^m de longueur :

La cote d'origine est......................................	1161^m,25
La cote d'arrivée..	530^m,50
Et par suite, la différence de niveau est de......	630^m,75

Depuis la station d'*Etsaut-Borce-Eygun* qui est à la cote......	530^m,50
jusqu'à l'extrémité du tracé où la cote d'arrivée est.............	215^m,92
La différence de niveau est de..........	314^m,68

La déclivité moyenne est, par suite, de 0^m,0098 par mètre sur les 32155^m à parcourir.

Résumé.

Longueur des alignements droits et des alignements courbes.

En résumé,

Le tracé présente un développement total de...............	49900^m,00
SAVOIR :	
En alignements droits.....................................	32251^m,50
En alignements courbes....................................	17648^m,50
TOTAL..........	49900^m,00

Pente moyenne, maximum et minimum.

Sa déclivité moyenne est de.....................	0^m,0189	par mètre.
Sa déclivité maximum...........................	0^m,040	»
Sa déclivité minimum...........................	0^m,000 (1)	»

(1) Voir, pour les détails, le profil en long du projet.

Courbes.

Les courbes sont au nombre de 76 pour entrer en gare d'*Oloron*, et de 77 si l'on y comprend une portion de courbe de 300m appartenant au projet de *Lacq* à *Oloron*.

Toutes ces courbes ont 500m de rayon minimun. Quelques-unes atteignent 2000m de rayon.

Alignements droits.

Les alignements droits sont au nombre de 77.

Le plus étendu, après l'alignement du tunnel de la frontière qui est de 3545m,12, est l'alignement de la plaine de *Bedous*, qui a 1607m,40 de longueur.

Le plus court est celui de *Lestanguet*, qui a 39m,85.

Pentes.

Les pentes sont continues, coupées par quelques paliers.

La plus étendue présente 0m,040 par mètre sur 9000m de longueur ;

La seconde en longueur présente 0m,010 par mètre sur 5000m de longueur ;

La troisième présente 0m,030 par mètre sur 3575m de longueur ;

La quatrième présente 0m,020 par mètre sur 3000m.

Tunnels.

Les tunnels sont au nombre de 20, y compris le tunnel de la frontière.

On se rappelle que ce tunnel a 6700m de longueur totale, dont 3575m sur le versant français.

Depuis la frontière jusqu'à *Oloron-Sainte-Marie* la longueur totale des tunnels est de 8050m sur 49900m de développement total.

Sans la portion française du tunnel de la frontière, la longueur des tunnels se réduirait à 4475m.

Le plus long présente 650m de longueur.

Le plus court a...... 30m »

Murs de défense contre les coulées de neige.

Les murs de soutènement à construire contre les avalanches ou coulées de neige sont au nombre de 7 et présentent 780m de longueur totale.

Ouvrages d'art pour voies de communication.

Les ouvrages d'art pour passages supérieurs sont au nombre de 6.

Les ouvrages d'art pour passages inférieurs sont au nombre de 4.

Les passages à niveau sont au nombre de 25.

Ouvrages d'art pour l'écoulement des eaux.

Pour franchir les cours d'eau il est nécessaire :

1o D'un viaduc de 77m d'ouverture, en tôle, sur le *Sescoué;*

2o D'un pont de 30m d'ouverture, en tôle, sur la *Gave d'Aspe;*

3o De 8 ponts de 25m d'ouverture, en tôle, sur la même rivière;

4o De 2 ponts de 20m d'ouverture, en tôle, sur la même rivière;

5o De 2 ponts de 15m d'ouverture, en tôle, sur la même rivière;

6o De 2 ponts de 10m d'ouverture, en tôle, sur la *Berthe* et le *Gave d'Aydius.*

On peut également noter :

4 Ponts en maçonnerie de 10m à 5m d'ouverture;

5 Pontceaux en maçonnerie de 4m à 3m d'ouverture;

61 Aqueducs en maçonnerie de 2m à 0m,40 d'ouverture.

Gares d'évitement et maisons de garde.

Les gares d'évitement sont au nombre de 4, avec maison de garde-aiguilleur.

Les maisons de garde pour passages à niveau sont au nombre de 25.

Stations.

Les stations sont au nombre de 7, savoir :

Station des *forges d'Abel* et *douane française;*

Station d'*Urdos;*

Station d'*Etsaut-Borce-Eygun;*

Station de *Bedous-Accous;*

Station de *Lurbe-Asasp;*

Station d'*Eysus-Gurmençon;*

Gare d'*Oloron-Sainte-Marie*, en communauté avec les lignes à voies *françaises.*

§ VII.

Conditions d'exécution de la ligne. — Dimensions des ouvrages d'art. — Exploitation.

Nous venons de décrire le tracé. Il nous reste à faire connaître dans quelles conditions la ligne devra s'exécuter, à quel chiffre s'élèveront les dépenses de construction, quels seront les voies et moyens d'exécution.

Quelles dimensions donnerons-nous à l'ensemble des deux voies?

Quelles dimensions prendrons-nous pour les ouvrages d'art?

La voie unique doit être construite de manière à rendre possible l'installation de la double voie dans des conditions plus amples que celles adoptées sur les autres chemins de fer espagnols.

Pour une ligne internationale absorbant, pour ainsi dire, tout le transit du *Midi*, du *Sud-Est* et du *Nord central* de l'*Espagne*, il est rationnel d'admettre que dans un avenir plus ou moins éloigné on sera conduit à reconnaître l'insuffisance de la voie unique.

Il convient donc de rendre possible l'exécution des deux voies dès qu'on en reconnaîtra l'opportunité.

Nous verrons qu'il convient même d'augmenter la largeur de l'entrevoie.

Tous les ouvrages d'art sont projetés dans cette hypothèse.

Dimension des tunnels.

Les tunnels présentent 10^{m} de largeur entre piédroits; du niveau du rail extérieur à l'intrados de la voûte ils laissent 5^{m},75 d'intervalle (1).

Largeur exceptionnelle de l'entrevoie : 2^{m},50 au lieu de 1^{m},87.

L'augmentation du trafic et les progrès de la science du constructeur de machines conduiront à employer, sur la rampe de 0^{m},040, des machines de plus en plus puissantes. En laissant plus d'ampleur à l'entrevoie et plus de largeur, dans œuvre, aux ouvrages d'art supérieurs à la voie, on rendra facile au constructeur la solution du problème.

Ce problème consisterait, par exemple, à construire des machines à 4 cylindres et 8 essieux couplés ou à 6 cylindres et 12 essieux couplés, par groupes de 4, si la chaudière pouvait acquérir une surface de grille et une surface de chauffe suffisantes pour produire l'évaporation qui conviendrait à un pareil développement de puissance motrice.

---

(1) Voir appendice D.

Dans une grande exploitation l'avantage reste toujours aux machines simples, les constructeurs nous répondront s'il est possible de construire, pour des courbes de 500^{m} de rayon, des machines spéciales à 3 groupes d'essieux analogues aux machines à 2 groupes qu'emploie le chemin de fer du *Nord* de *France*.

Ces machines remorqueraient 330 tonnes de wagons à la remonte, sur la rampe de $0^{m},040$, et 660 tonnes à double traction.

En admettant des rails et des bandages en acier fondu, comme le proposait M. Flachat pour le *Simplon*, on pourrait augmenter de moitié le poids sur les roues motrices. Une machine de même puissance pourrait n'avoir que 4 cylindres, de dimensions plus considérables, il est vrai, et 8 paires de roues motrices.

C'est pour laisser à cette éventualité la possibilité de se produire, que nous proposons de donner $2^{m},50$ de largeur à l'entrevoie, au lieu de $1^{m},87$ qui est la largeur adoptée sur la ligne du *Nord* de l'*Espagne*, dans les tunnels des *Pyrénées*.

Dimensions des ouvrages passant par dessus la voie.

Tous les ouvrages d'art supérieurs à la voie laisseront un espace libre d'au moins 10^{m} entre leurs piédroits et prendront la forme du gabarit adopté pour les tunnels : un plein cintre de 10^{m} de diamètre, portant sur des piédroits de $2^{m},00$ de hauteur au-dessus du ballast, et laissant $5^{m},75$ d'espace libre entre l'intrados de la voûte et le dessus des rails extérieurs de la double voie (1).

Dimensions des ouvrages qui supportent la voie.

La voie *espagnole* présente $1^{m},736$ de largeur d'axe en axe.

De l'axe du rail extérieur de droite à l'axe du rail extérieur de gauche, avec $2^{m},50$ d'entrevoie, il y aura donc $5^{m},97$ de distance.

En donnant aux parties résistantes des ouvrages d'art en maçonnerie une largeur de $6^{m},50$ entre les têtes, nous permettrons parfaitement l'assiette de deux voies solides.

Dans les premiers temps de l'exploitation on se contentera de poser une voie ; il restera latéralement pour le service plus de largeur qu'il n'en faut.

Lorsque les deux voies seront devenues nécessaires on placera, en encorbellement, des passerelles latérales pour la circulation des surveillants.

Profil des terrassements.

Pour l'exécution des terrassements, nous adopterons le profil des chemins de

(1) Sur les chemins de fer *français*, les cahiers des charges n'imposent aux Compagnies que 8^{m} de largeur entre les piédroits, $1^{m},80$ d'entrevoie, et $4^{m},75$ de distance verticale entre le rail extérieur et l'intrados de la voûte.

fer *français*, à une voie, qui est de 6^m entre fossés, ou de 6^m en couronne pour les remblais.

Dans le cas où des murs de soutènement seraient nécessaires, nous les projetterons à 5^m de l'axe de la voie, de manière à les créer à la place définitive qu'ils devront occuper lors de la construction de la seconde voie.

Le matériel de transport sera le matériel de tous les chemins de fer d'Espagne.

Le matériel de transport dont nous nous servirons sera le matériel *espagnol*, commun à toutes les lignes de la *Péninsule*, et plus particulièrement, sans aucun doute, le matériel de la Compagnie du chemin de fer de *Madrid* à *Saragosse*, dont le rayonnement s'étend de *Madrid* à *Tolède* et *Ciudad-Real* et *Cordoue* vers l'*Andalousie*, à *Carthagène* et *Alicante* vers la *Méditerranée*.

Matériel de traction spécial.

Le matériel de traction sera spécial à notre ligne depuis l'entrée du tunnel jusqu'à *Oloron-Sainte-Marie*.

Les locomotives seront de trois modèles :

1° Machines à 6 roues couplées et à 2 cylindres (1) (moyennes Creusot) ;

2° Machines à 8 roues couplées et à 2 cylindres, type des machines dites *à fortes rampes* du chemin de fer du *Nord* de *France*;

3° Machines à 12 roues couplées par groupes de 6, et à 4 cylindres (système PETIET), type des machines adoptées récemment sur le chemin de fer du *Nord* de *France* pour la traction de ses plus lourds convois.

Conditions que devra remplir le matériel de traction.

Ces machines devront être commandées au constructeur de façon à régler les surfaces de grille et les surfaces de chauffe dans une proportion telle que l'on puisse développer, à l'état normal, une puissance de vapeur égale au 1/4 de la pression sous les roues motrices.

En réglant le chargement des convois d'après l'hypothèse d'une adhérence du 1/6 seulement nous aurons la certitude, à l'aide du sablage, de ne jamais laisser tomber un train en détresse, à moins d'avaries.

Les roues motrices devront supporter un poids de 11000^{kg} par essieu, limite reconnue nécessaire pour ne pas exagérer l'usure des rails et des bandages.

La voie espagnole plus large de 0^m,236 que la voie française permettra des modifications heureuses dans la construction des machines.

Les constructeurs devront rechercher si, avec la facilité qu'offre la largeur de la voie *espagnole* d'augmenter les surfaces de chauffe et de grille, il ne con-

---

(1) Ces machines sont analogues aux machines à marchandises de toutes les lignes actuellement en exploitation. — Ce type pourrait donc servir à l'ensemble du réseau de la Compagnie concessionnaire.

viendrait pas de donner aux roues motrices un plus grand diamètre que dans les machines semblables des chemins de fer *français*.

Cette augmentation du diamètre des roues permettrait de diminuer, pour une même vitesse du train et pour une même puissance développée, la vitesse des pistons moteurs; les roues présenteraient une surface de contact plus grande sur le rail, et par suite une pression unitaire moindre et une moindre usure.

Il y a des modifications heureuses à apporter dans la construction des locomotives par le fait de l'élargissement [de $1^m,50$ *(voie française)* à $1^m,736$ *(voie espagnole)*] de la voie sur laquelle s'opère la traction; nous pouvons prédire que les constructeurs expérimentés sauront profiter de ces avantages.

Ces modifications pourront être plus complètes encore sur la portion de ligne que nous projetons.

Nous n'avons voulu parler ici que des perfectionnements dont sont susceptibles les machines actuellement en usage, mais il est certain que la voie *espagnole* permettra la construction d'engins de traction de puissances inconnues en *France*, particulièrement sur la portion de notre tracé comprise entre l'entrée en tunnel et *Oloron*.

On peut, en effet, donner aux machines spéciales desservant ce tronçon, d'après les dimensions réservées à tous nos ouvrages d'art, une largeur hors œuvre de $3^m,75$ et une hauteur de $5^m,75$ sur l'axe du rail extérieur.

Les plus fortes machines *françaises* ne peuvent présenter que $2^m,90$ de largeur et $4^m,75$ de hauteur, hors œuvre.

Nous avons donc sujet de croire que nous pouvons espérer de l'avenir, le trafic augmentant, la création de machines puissantes qui permettront l'exploitation de nos rampes de $0^m,040$ dans des conditions d'économie qui ne laisseront rien à désirer.

Le changement des moteurs au pied de la rampe n'est pas une gêne pour l'exploitation.

Nous n'avons pas besoin d'appuyer sur ce fait que les changements de moteurs ne sont pas une gêne pour l'exploitation.

On change de moteurs sur toutes les grandes lignes, à chaque station importante, soit pour ne pas échauffer outre-mesure les fusées des essieux de la machine, soit pour éviter le retard qu'occasionnerait un réapprovisionnement de charbon et d'eau.

L'appropriation de moteurs spéciaux à notre ligne n'empêchera pas, du reste, des trains spéciaux à wagons peu nombreux de franchir nos rampes à grande vitesse avec des machines à roues de grand diamètre. Il est clair seulement qu'il conviendra que les résistances ne dépassent pas la limite des puissances du moteur.

Stations sur rampes de $0^m,040$.

Si l'on reconnaît un avantage quelconque à l'établissement de stations sur notre pente de $0^m,040$, à *Urdos*, par exemple, on pourrait facilement les installer, en palier, en dehors de la voie elle-même.

On arriverait à ces stations directement, à la descente, pour en ressortir en revenant sur ses pas.

A la remonte on y entrerait en rebroussement pour reprendre ensuite la direction de la montée.

Tout se bornerait à une manœuvre d'aiguilles.

Nous avons projeté une station de ce genre à *Urdos*.

Moyens de parer aux dangers d'un wagon abandonné et descendant librement sur la pente.

L'installation de ces stations nous a suggéré l'idée de parer au danger de l'abandon d'un train ou d'un wagon en tête de la pente.

Ou ce wagon, acquérant une vitesse très-grande, sera jeté, par l'effet de la force centrifuge, en dehors des courbes, ou il viendra se heurter dans une station ou une gare, contre des voitures stationnaires ou contre un train en marche.

Si ce wagon ou ces voitures renfermaient des voyageurs, on aurait, de toute façon, un malheur à redouter.

Il nous semble alors rationnel d'installer, tous les 4^{km} par exemple, une aiguille d'évitement.

Cette aiguille serait fermée pour la descente. Tout train descendant devrait attendre l'ouverture de l'aiguille pour continuer sa route.

Tout train montant ouvrirait l'aiguille par sa propre pression.

Supposons un wagon égaré descendant la pente. A la rencontre de l'aiguille il s'engagerait sur la voie déviée, d'abord en palier sur 50^m, puis en contre-pente de $0^m,10$ par mètre sur 200^m environ.

La contre-pente de $0^m,10$ détruirait la force vive acquise par le wagon descendant, et ce wagon, après plusieurs oscillations, serait obligé de se maintenir sur le palier en dehors de la voie ordinaire.

Les aiguilles d'évitement devraient être placées à proximité des habitations des surveillants de la voie, afin que la manœuvre qui, nous le répétons, ne doit se faire que pour les trains descendants, puisse facilement s'effectuer.

Maisons de garde à échelonner le long de la ligne.

Dans la région de montagne, où nous n'aurons pas de passages à niveau fréquents, il sera indispensable de créer, tous les 3 ou 4^{km}, une maison de garde pour le cantonnier surveillant ; c'est ce garde qui sera chargé d'ouvrir à la descente des trains l'aiguille des garages.

§ VIII.

Évaluation des dépenses de construction.

Passons à l'évaluation des dépenses du chemin dans les conditions que nous venons de décrire.

Notre évaluation comprendra toute la portion du chemin qui s'étend de la frontière à *Oloron-Sainte-Marie.*

La frontière est à peu près à mi-longueur du tunnel; nous laissons naturellement à la charge de l'*Espagne* la portion de ce grand travail comprise sur son territoire.

Partie française du tunnel de la frontière.

Le tunnel présente, sur le versant *français*, une longueur de 3575m; nous l'estimons.................................. 10,127,796fr 25c (1)

Terrassements.

Les terrassements qui viennent à la suite sont dans des conditions ordinaires. Nul chemin de fer tracé dans un pays accidenté ne peut espérer se trouver dans des conditions plus faciles que le nôtre.

Nous rencontrons à peu près moitié rocher et moitié terre rocailleuse.

Les talus de déblai seront réglés à 1 de base pour 1 de hauteur dans tout déblai qui ne sera pas rocheux; à 1 de base pour 5 de hauteur dans le rocher.

Les talus de remblai seront inclinés à 1 1/2 de base pour 1 de hauteur, à moins que l'on n'exécute des murs de soutènement, auquel cas on donnerait à ces murs un fruit de 1/5.

Ouvrages d'art.

Tous les ouvrages d'art seront en maçonnerie ou en tôle.

Les revêtements seront en moellons smillés et les massifs en maçonnerie ordinaire.

Les ponts en tôle sur les *Gaves* ou sur les torrents auront leurs culées projetées pour 2 voies, mais exécutées pour une seule voie. L'exécution des maçonneries complémentaires peut précéder de quelques mois seulement la pose de la seconde voie.

---

(1) Voir appendice D.— Dans l'appendice l'estimation est 10,127,780 fr. Dans le détail estimatif, où nous avons dû établir un prix par unité de longueur, l'estimation s'élève au chiffre de 10,127,796 fr. 25 c.

Nous avons dit que tous les ouvrages d'art en maçonnerie seraient exécutés immédiatement pour deux voies en leur donnant 6m,50 de largeur entre les têtes.

Nous exécuterons en tôle tous les ponts d'un grand biais sur le *Gave* et tous les ouvrages d'art qui présenteront plus de 20m de hauteur.

Le seul ouvrage de cet ordre à noter sera le viaduc du *Sescoué*, au fort d'*Urdos*, d'une seule travée de 77m de portée.

Dans ces conditions les dépenses d'établissement d'un chemin de fer de la frontière à *Oloron-Sainte-Marie*, conçu à une voie de 6m de largeur en couronne avec des ouvrages d'art en maçonnerie construits pour recevoir deux voies, peuvent être déduites des diverses pièces qui constituent le projet.

Avant-métré. De l'avant-métré (1) nous pouvons en effet conclure que nous aurons à exécuter les travaux suivants :

1re *Partie du tracé. — De la frontière à la station d'Etsaut-Borce-Eygun. — Longueur* 17 745m.

283 090mc,46 de déblai de rocher;

299 957mc,40 de déblai de terre ordinaire mêlée de pierres;

114 461mc,06 d'emprunts pour remblais et de terres provenant d'une dérivation du *Gave*;

3 aqueducs de 2m;

9 aqueducs de 1m;

2 aqueducs de 0m,50;

9 aqueducs de 0m,40;

3 ponceaux de 5m d'ouverture et au-dessous;

1 pont de 77m d'ouverture;

2 ponts de 15m sur le *Gave d'Aspe;*

2 ponts de 8m sur les ruisseaux *Arnousse* et *Lagaube;*

1 pont de 10m sur le ruisseau *Sadun* et de 48m de longueur ;

(1) Pièce no 3 du dossier-minute.

2 passages inférieurs à la voie;

2 passages supérieurs;

3 575^{m} de tunnel international;

2 435^{m} de tunnels secondaires;

169 108^{mc},16 de murs de soutènement divers.

2me *Partie du tracé. — De la station d'Eygun à la gare d'Oloron-Sainte-Marie. — Longueur 32 155^{m}.*

539 615^{mc},15 de déblai de rocher, poudingue ou brèche;

611 340^{mc},11 de déblai de terre ordinaire mêlée de pierrailles;

90 148^{mc},20 d'emprunts pour remblais et de terres provenant d'une dérivation du *Gave;*

10 aqueducs de 2^{m},00 d'ouverture;

22 aqueducs de 1^{m},00 d'ouverture;

6 aqueducs de 0^{m},40 d'ouverture;

3 ponceaux de 4^{m},00 d'ouverture;

1 pont de 30^{m} sur le *Gave d'Aspe ;*

8 ponts de 25^{m} sur la même rivière;

2 ponts de 20^{m} sur la même rivière;

2 ponts de 10^{m} sur les ruisseaux la *Berthe* et d'*Aydius;*

2 passages inférieurs à la voie;

4 passages supérieurs;

2 040^{m} de tunnels secondaires;

48 900^{mc},18 de murs de soutènement.

Longueur des voies de fer.

Nous avons constaté dans l'avant-métré que la voie de fer devait être augmentée de 1/5 pour évitements créés, par précaution, tous les 4^{km}, ainsi que pour les garages aux stations de *la frontière*, d'*Urdos*, d'*Etsaut-Borce-Eygun*, de *Bedous-Accous*, de *Lurbe-Asasp*, d'*Eysus-Gurmençon* et d'*Oloron-Sainte-Marie.*

La longueur de voie est ainsi portée de 17 745m à 21 300m pour la première partie, et de 32 155m à 40 000m pour la deuxième partie.

Clôtures.

Les clôtures en haies sèches et en haies vives ne seront nécessaires que dans la traversée des terrains cultivés, elles peuvent être évaluées pour les deux rives du chemin :

A 23 700m pour la première partie, non compris 1 700m pour clôtures de stations,

Et à 64 310m pour la deuxième partie, non compris 5 000m pour clôtures de stations.

Maisons de garde.

Les maisons de garde *(aiguilleurs ou passages à niveau)* seront au nombre de 29, savoir :

7 dans la première partie,

22 dans la deuxième partie.

Stations.

Les stations sont au nombre de 7, savoir :

Trois dans la première partie du tracé :

Station de *la Frontière* et *Douane française;*

Station d'*Urdos;*

Station d'*Etsaut-Borce-Eygun.*

Quatre dans la seconde partie :

Station de *Bedous-Accous;*

Station de *Lurbe-Asasp;*

Station d'*Eysus-Gurmençon;*

Gare d'*Oloron-Sainte-Marie,* commune aux lignes de la vallée d'*Aspe* et d'*Oloron* à *Lacq* ou *Artix.*

Série des prix.

La série des prix (1) a été établie en doublant à peu près tous les prix qui servent, en ce moment, à régler l'entreprise de la construction de la route

(1) Pièce n° 4 du dossier-minute. — Voir à la suite du mémoire : **Série des prix.**

Impériale n° 134 qui se termine de la cote 1 112m à la cote 1 640m, au-dessus du tunnel de la frontière. (1)

Nous admettons, et nous en avons longuement discuté les motifs (2), que le mètre courant du tunnel de la frontière coûtera.......... 2 832fr,95c (3)

Les tunnels secondaires sont estimés à 1 800 fr. par mètre.

Pour les ouvrages métalliques nous avons admis que les poutres de 10 à 15m de portée, permettant la pose d'une voie, coûteraient, mises en place, 1 200 fr. par mètre courant, et que les poutres au-dessus de 15m, et jusqu'à 77m, coûteraient 2 000 fr. par mètre. *(Le pont de Bordeaux, sur la Garonne, à 2 voies, a coûté 3 000 fr. par mètre pour la partie métallique.)*

Voie. Nous avons fixé le prix de la voie à 50 fr. le mètre courant.

Ce chiffre est supérieur à la réalité, surtout si l'on considère que le tracé passe à côté de forêts de sapin appartenant aux communes où l'on trouvera toutes facilités pour s'approvisionner de traverses.

Clôtures. Les clôtures sèches et vives sont estimées au taux ordinaire.

Nous avons dit que nous pourrions nous en dispenser sur beaucoup de points.

Matériel roulant. Le matériel roulant entre dans nos estimations pour 4 000 fr. par kilomètre.

Ce chiffre est suffisant.

Si nous avons besoin de moteurs exceptionnels pour exploiter notre ligne, par contre tout le matériel de transport des voies *espagnoles*, wagons, voitures, trucks, etc., peut nous servir. Nos wagons pouvant presque tous se charger à charge pleine exigent, pour un même trafic, un nombre de véhicules moitié moindre que celui reconnu nécessaire sur les autres lignes.

Stations. Nous avons estimé :

40 000 fr. chacune des petites stations;

100 000 fr. la station d'*Etsaut-Borce-Eygun* où devra exister un parc à charbon et une remise pour les grosses locomotives;

100 000 fr. la station de *la Frontière*, à cause des bâtiments douaniers;

250 000 fr. la gare d'*Oloron-Sainte-Marie*, à cause du développement qu'elle doit prendre.

---

(1) Voir appendice G.
(2) Voir appendice D.
(3) Ce chiffre est déduit de l'estimation en bloc divisée par la longueur. — Voir appendice D.

Les bâtiments pour magasins, entrepôts, etc., etc., qui seront reconnus nécessaires à *Oloron-Sainte-Marie,* se construiront au fur et à mesure des besoins et seront payés sur les frais d'exploitation courants à l'aide d'une taxe spéciale de transbordement et de magasinage.

Maisons de garde. Les maisons de garde ou d'aiguilleurs sont estimées 6 000 fr.

Indemnités de terrains. Nous avons divisé les terrains en deux catégories seulement :

1° Tous les terrains cultivés aux abords d'*Urdos*, d'*Etsaut*, de *Bedous* et, dans la plaine, d'*Escot* à *Oloron-Sainte-Marie*, sont estimés valoir 75 fr. l'are, y compris la dépréciation;

2° Tous les terrains incultes ou rocheux sont estimés 5 fr. l'are.

La plupart de ces terrains appartiennent aux communes qui les céderont gratuitement si on les y invite.

Estimation générale des dépenses. En s'appuyant sur les bases indiquées ci-dessus l'estimation générale des dépenses (1) s'élève à la somme de................ 36 800 000fr, »c pour une longueur totale de 49 900m.

En défalquant le tunnel de la frontière, les dépenses se réduisent à.. 26 672 203fr,75c

Ces dépenses sont ainsi réparties :

1re *Partie. — De la frontière à la station d'*Etsaut-Borce-Eygun. *— Longueur* 17 745m. *— Déclivités de* 0m,040 *à* 0m,025 *par mètre.*

Terrassements et chaussées........................	2 767 240fr,29c
Ouvrages d'art........................	16 445 361fr,53c
Gazonnements ou semis........................	1 330fr,85c
Voies et clôtures........................	1 112 810fr,00c
Matériel roulant........................	709 800fr,00c
Stations et maisons de garde........................	282 000fr,00c
Indemnités de terrain........................	16 500fr,00c
TOTAL...........	21 335 042fr,67c
Somme à valoir de 1/10 environ sur l'ensemble des travaux, déduction faite des travaux du tunnel de la frontière..	1 064 957fr,33c
TOTAL GÉNÉRAL............	22 400 000fr,00c

(1) Voir à la suite du Mémoire : **Estimation générale des dépenses.**

D'après la loi du 11 Juin 1842 la part de l'État ou des communes, si le chemin devait ainsi s'exécuter, serait de....	19 512 432fr,67c
La part de la Compagnie de..........................	1 822 610fr,00c
Somme à valoir générale..............................	1 064 957fr,33c
TOTAL PAREIL..........	22 400 000fr,00c

En laissant en dehors de l'estimation le tunnel de la frontière (10 127 796fr,25c), et cependant en conservant intégralement la somme à valoir, l'estimation se réduirait à.. 12 272 203fr,75c.

2me *Partie. — De la station d'*Etsaut-Borce-Eygun *à* Oloron-Sainte-Marie. — *Longueur* 32 155m. — *Déclivités de* 0m,020 *à* 0m,000.

Terrassements et chaussées..............................	4 017 210fr,87c
Ouvrages d'art..	4 806 501fr,26c
Gazonnements ou semis.................................	4 823fr,25c
Voies et clôtures..	2 133 603fr,00c
Matériel roulant..	1 286 200fr,00c
Stations et maisons de garde........................	502 000fr,00c
Indemnités de terrain...................................	360 125fr,00c
TOTAL..........	13 110 463fr,38c
Somme à valoir de 1/10 environ sur l'ensemble des travaux..	1 289 536fr,62c
TOTAL GÉNÉRAL..........	14 400 000fr,00c

D'après la loi du 11 Juin 1842 la part de l'État ou des communes, si le chemin devait ainsi s'exécuter, serait de...	9 690 660fr,38c
La part de la Compagnie concessionnaire de.............	3 419 803fr,00c
Somme à valoir générale....................................	1 289 536fr,62c
TOTAL PAREIL..........	14 400 000fr,00c

Estimation des dépenses par kilomètre.

La longueur du chemin est de 17 745m pour la 1re partie, et de 32 155m pour la 2me partie.

La dépense kilométrique peut être ainsi évaluée, d'après la loi du 11 Juin 1842 :

1re *Partie.* — *De la frontière à* Eygun. — *Longueur* 17 745m.

A la charge de l'État, si l'on classait la ligne parmi celles qui doivent s'exécuter d'après la loi de 1842........................ 1 099 601fr,71c
A la charge de la Compagnie.......................... 102 711fr,19c
Somme à valoir par kilomètre.......................... 60 014fr,51c

TOTAL de la dépense pour 1 kilomètre..... 1 262 327fr,42c

2me *Partie.* — *D'*Eygun *à* Oloron-Sainte-Marie. — *Longueur* 32 155m.

A la charge de l'État, si l'on classait la ligne parmi celles qui doivent s'exécuter d'après la loi de 1842.............................. 301 373fr,39c
A la charge de la Compagnie............................ 106 353fr,69c
Somme à valoir par kilomètre............................ 40 103fr,74c

TOTAL de la dépense pour 1 kilomètre..... 447 830fr,82c

La moyenne est, pour la longueur totale, de.............. 737 474fr,95c

En retirant de l'évaluation la dépense du tunnel de la frontière les dépenses deviennent, par kilomètre,
Pour la 1re partie, de.............................. 691 586fr,01c
Pour la 2me partie, de.............................. 447 830fr,82c
Pour l'ensemble de la ligne, de.......................... 534 513fr,10c

---

§ IX.

Voies et moyens d'exécution.

Il nous reste à discuter les moyens d'arriver à une prompte réalisation de la percée centrale des *Pyrénées*.

Une Compagnie puissante peut-elle se charger de la construction sans subvention ?

Quelle peut être cette Compagnie ?

Dans quelles limites doivent s'engager les garanties de l'État ?

Nous venons de voir que la dépense moyenne de construction kilométrique du chemin de fer de la vallée d'*Aspe*, de la frontière à *Oloron-Sainte-Marie* (non compris le tunnel de la frontière), est de............. 534 513fr,10c

Dans l'hypothèse d'un rendement brut kilométrique de..... 43 070fr,00c
le revenu net de ce chemin est de....................(1) 23 681fr,20c

Dans l'hypothèse d'un rendement brut kilométrique de..... 69 661fr,00c
le revenu net de ce chemin est de....................(1) 38 475fr,40c

Des chiffres analogues sont donnés par la statistique pour un grand nombre de lignes exécutées aujourd'hui, et nous ne devons pas supposer qu'une ligne de transit international rende moins que la moyenne des chemins de fer *français* exploités en 1862.

Cette moyenne pour les chemins de fer *français* (10 522km exploités) est de 45 781fr,00c (2).

On peut donc être assuré que lorsque les courants internationaux seront bien établis la ligne dont nous nous occupons produira, sans augmentation des tarifs (3), l'intérêt du capital engagé dans sa construction.

L'intervention des deux gouvernements d'*Espagne* et de *France* ne doit être qu'un encouragement à une prompte exécution sous forme de subvention ou de garantie momentanée d'intérêt.

La Compagnie concessionnaire doit être la Compagnie des chemins de fer de Madrid à Saragosse.

D'après nous la ligne de la frontière à *Oloron-Sainte-Marie* doit faire partie de la concession des chemins de fer de *Madrid* à *Saragosse*.

C'est en effet cette artère centrale de *Madrid* à *Saragosse* qui est destinée à l'alimenter en profitant elle-même du détournement de tous les produits qui se dirigent actuellement vers *Madrid* par le chemin de fer *del Norte*.

La Compagnie des chemins de fer de *Madrid* à *Saragosse* possède également les lignes d'*Alicante*, de *Carthagène*, de *Ciudad-Real* et de *Cordoue*; elle est destinée à englober plus tard dans son réseau les chemins de *Barcelone* à *Pampelune*. Le jour où elle sera maîtresse d'une traversée des *Pyrénées* son rôle deviendra tout à fait prépondérant.

Ses intérêts bien entendus vont donc pousser cette Compagnie vers l'exécution de la percée centrale des *Pyrénées*.

---

(1) Voir appendice A.
(2) Voir appendice F.
(3) En autorisant provisoirement une augmentation des tarifs la garantie d'intérêt par les deux gouvernements ne serait qu'un engagement illusoire.

Intervention des deux gouvernements de France et d'Espagne pour activer l'exécution des travaux.

Les deux gouvernements de *France* et d'*Espagne* pourraient s'engager à exécuter, chacun sur son territoire, le grand tunnel de la frontière de manière à dégager la Compagnie d'une préoccupation qui pèserait sur ses allures financières, et à garantir 4 p. °/₀ d'intérêt, sur une dépense maximum de 550 000fr par kilomètre, pour le reste de la ligne.

La Compagnie, de son côté, s'engagerait à rembourser, par annuités, les avances faites par les deux gouvernements, dès que ses recettes auraient doublé sur la ligne de *Saragosse* à *Madrid* par rapport aux recettes de l'exercice courant, et qu'elles dépasseraient 40 000 fr. de rendement brut sur la partie à construire sur le versant *français*.

D'après cette combinaison, que nous ne faisons qu'indiquer, les deux gouvernements construiraient le tunnel de la frontière pendant que la Compagnie exécuterait le chemin aux abords sur les deux versants. Les travaux du tunnel devraient être terminés dans l'espace de 4 années 1/2, sauf à chaque gouvernement, pour chaque année de retard, à couvrir par un intérêt de 4 °/₀ les capitaux dépensés par la Compagnie et dont elle ne pourrait tirer profit jusqu'après le percement du tunnel.

Les communes traversées seraient invitées à livrer à la Compagnie ou à l'État gratuitement tous les terrains communaux dont l'occupation serait devenue nécessaire. Elles fourniraient gratuitement à l'Etat, dans les forêts qui leur appartiennent, tous les bois dont l'Etat aurait besoin pour ces travaux.

Dans ces conditions, sur le versant *français*, de la frontière à *Oloron-Sainte-Marie* (49 900m), pour l'exécution d'un chemin de fer international,

Les charges de l'État seraient de.................... 10 127 796fr,25c remboursables dans l'avenir;

Celles de la Compagnie concessionnaire, de....... .... 26 672 203fr,75c

L'État se réserverait le droit de faire entrer dans le réseau du *Midi* le chemin à voies *françaises* qui rejoindrait la grande ligne de *Toulouse* à *Bayonne*, à *Lacq* ou à *Artix*, suivant les avant-projets élaborés à la date du 4 Juillet 1864 (1).

(1) Voir appendices H et I.

§ X.

Conclusion.

La percée centrale des *Pyrénées* doit se faire par la vallée d'*Aspe,* c'est dans notre esprit une conviction qui date de dix années.

La Chambre consultative de commerce d'*Oloron-Sainte-Marie*, en prenant l'initiative des études nouvelles basées sur les plus récentes conquêtes de la science, précipite la solution de cette question.

Elle soumet avec confiance le résultat de ses études aux deux gouvernements d'*Espagne* et de *France.*

Elle sollicite de tous les hommes pratiques un examen sérieux et fait appel aux Compagnies intéressées à l'exécution de la percée.

Plusieurs autres projets ont été élaborés pour la percée centrale des *Pyrénées;* nous n'avons pas voulu les discuter, mais nous désirons que l'opinion se forme à leur égard. La commission nommée à *Madrid* par le gouvernement *espagnol*, en possession de documents complets résultant des études faites sur le versant *Sud* des *Pyrénées*, peut peser les avantages et les inconvénients des diverses directions.

Si notre solution réunit la majorité des suffrages;

Si le seul et vrai chemin de *Madrid* au reste du continent est bien le chemin de fer de la vallée d'*Aspe*, qu'on mette promptement la main à l'œuvre. *Saragosse* sur le versant *Sud* des *Pyrénées*, *Oloron-Sainte-Marie* sur le versant *Nord,* en prenant l'initiative de cette nouvelle percée des *Pyrénées*, auront bien mérité des deux pays.

Bayonne, le 15 Août 1865.

L'Ingénieur des Ponts et Chaussées,

Ch. BOURA.

APPENDICES.

HYPOTHÈSES.

Trafic, 16 trains par jour.

Rendement brut kilomét., 40 000fr

Vitesse, 20 à 25 kilom. à l'heure.

Traction
- Sur les rampes de 0m,000 à 0m,020 avec machines à 3 essieux couplés. (Moyennes Creusot.)
- Sur les rampes de 0m,040 avec machines à 4 essieux couplés. (Fortes rampes du Nord.)

Longueur exploitée :

De 0m,000 à 0m,020........ 32 kil.
A 0m,040................. 18 kil.

APPENDICE A.

(Renvoi des pages 8 — 17 — 19 — 48 du Mémoire.)

TABLEAU N° 1.

HYPOTHÈSE d'un rendement brut de 40 000 fr. par kilomètre.

DÉTERMINATION de la dépense de traction d'un train pour 1km parcouru, sur des rampes variant de 0m,000 à 0m,020, dans les conditions de l'emploi de toute la puissance des machines.

DÉTERMINATION de la dépense de traction d'un train pour 1km parcouru, sur une rampe de 0m,040, dans les conditions de l'emploi de toute la puissance des machines.

N. B. — Nous admettons que les éléments des dépenses relatives

1° Aux frais d'administration;

2° Au personnel de toute sorte du mouvement et du matériel, mécaniciens, chauffeurs, dépôts, graissage, éclairage;

3° A l'entretien et au graissage des wagons et voitures;

sont identiques pour les deux rampes, et que les éléments variables seront :

1° La consommation du combustible;

2° L'entretien et le graissage des machines;

3° L'entretien et la surveillance de la voie;

4° L'usure des freins et l'augmentation du personnel pour les manœuvrer;

5° La part de la machine de renfort, quoique cette machine soit plutôt une machine de secours comme on est obligé d'en tenir en feu sur les lignes ordinaires.

Nous admettons enfin que tous les trains sont au complet. Les trains des voyageurs seront le plus souvent mixtes, c'est-à-dire complétés par des wagons de marchandises, de manière à opposer à la machine une résistance en rapport avec la puissance qu'elle peut développer.

DÉPENSE D'UN TRAIN POUR 1 KILOMÈTRE PARCOURU

	RAMPE DE 0m000 à 0m020	RAMPE DE 0m040.
	VOYAGEURS OU MARCHANDISES.	

1° *Frais d'administration.*

Ce chiffre est variable suivant l'importance des recettes de la Compagnie.

Il est de 0 fr. 10 sur le chemin de fer du Nord de *France,* de 0 fr. 26 sur le chemin du Midi.

Notre hypothèse de rendement brut étant à peu près équivalente au rendement du chemin du Midi, nous admettrons....................

	0fr 25c	0fr 25c

2° *Personnel de toute sorte du mouvement et du matériel.*

Sur le chemin de fer du Midi cette dépense s'élève à 1 fr. 25.

Nous réduisons, pour un même trafic, de 18 à 16 le nombre des trains; le nombre de véhicules est également diminué de moitié, puisque les chargements sont doublés.

Cette réduction doit porter sur le personnel ordinairement proportionnel au nombre des véhicules en mouvement.

Nous pouvons donc admettre.................................

	1 10	1 10

Ainsi divisés : *Mouvement*... 0 fr. 85 }
Matériel..... 0 fr. 25 } 1 fr. 10

3° *Entretien et graissage des wagons et voitures.*

Cet entretien coûte 0 fr. 159 sur le chemin du Midi. Le nombre de nos

A reporter....................	1fr 35c	1fr 35c

	RAMPE DE 0m000 à 0m040	RAMPE DE 0m040
	VOYAGEURS OU MARCHANDISES.	
Report........................	1fr 35c	1fr 35c
wagons et voitures étant diminué de plus de moitié, puisque le chargement moyen d'un wagon sur le Midi n'est que de 4 tonnes et que les nôtres atteindront presque tous le chargement complet de 8 ou 10 tonnes, nous pouvons admettre sans crainte de rester au-dessous de la vérité..........	0 10	0 10

4° Consommation de combustible. Les machines travaillant à leur maximum de puissance.

Rampes de 0m,000 à 0m,020 en remonte........... 24kg de houille.

(Machine à 3 essieux couplés, développant 4 070 kilogr. de puissance à la circonférence des roues, à raison de 6 kilogr. par 1 000 kilogr. de puissance) (1).

Descente et séjour au dépôt....................... 6

TOTAL................. 30kg

30 Kilogr. de houille à 30 fr. la tonne............... 0 fr. 90.

Dépense moyenne $\frac{0 \text{ fr. } 90}{2}$......................... 0 fr. 45, ci.	0 45	» »

Rampes de 0m,040, en remonte.................... 45kg de houille.

(Machines à fortes rampes, à 4 essieux couplés développant 7 432 kilogr. de puissance, à raison également de 6 kilogr. de houille par 1 000 kilogr. de puissance) (2).

Descente et séjour au dépôt....................... 12

TOTAL................ 57kg

A reporter.....................	1fr 90c	1fr 45c

(1) Il est à remarquer que la traction s'exerce sur une rampe moyenne de 0m,0098 par mètre et que nos calculs supposent une traction constante sur rampe de 0m,020.

(2) La traction s'exerce en réalité sur une rampe moyenne de 0m,0355 par mètre.

	RAMPE DE 0m000 à 0m020	RAMPE DE 0m040
	VOYAGEURS OU MARCHANDISES	
Report........................	1fr 90c	1fr 45c
57 Kilogr. de houille à 30 fr. la tonne............... 1 fr. 71.		
Dépense moyenne $\frac{1 \text{ fr. } 71}{2}$........................ 0 fr. 86, ci.	» »	0 86

5° *Entretien et graissage des machines.*

Cet entretien coûte 0 fr. 225 sur le chemin de fer du Nord de *France*, pour les grosses machines *Engerth*. En admettant pour nos machines 0 fr. 15, sur les rampes de 0m,000 à 0m,020........................	0 15	» »
et 0 fr. 30 pour les rampes de 0m,040, nous serons au-dessus de la vérité..	» »	0 30

6° *Entretien et surveillance de la voie.*

Sur les diverses lignes françaises le chiffre des dépenses pour cet article varie de 4 100 fr. à 6 300 fr. par an et par kilomètre.

Il est en moyenne de 5 200 fr.

Le chemin de fer que nous projetons est établi sur un terrain présentant un caractère tout particulier de solidité. Les tranchées et les remblais auront plus de stabilité que dans la plupart des travaux en plaine.

On admet cependant, sur les voies en plaine, le renouvellement des rails au bout d'une période de dix années. Le nombre de nos trains est à peu près le même que dans les cas ordinaires; le nombre des wagons est moindre, mais les locomotives sont plus lourdes, il est rationnel de supposer une usure plus rapide. Nous admettrons que le renouvellement des rails ait lieu en sept ans et demi au lieu de dix ans, sur la déclivité de 0m,040. Les frais de renouvellement des rails en dix ans représentent, d'après les données statistiques, 750 fr. par an et par kilomètre de voie, ou 7 500 fr. Pour un renouvellement en sept ans et demi il faut les élever annuellement à $\frac{7\,500 \text{ fr.}}{7,5}$ ou à 1 000 fr. par an.

Dans ce cas il faut augmenter les 5 200 fr., qui représentent les dépenses de renouvellement, d'entretien et de surveillance de la voie, de 250 fr.; on

A reporter.....................	2fr 05	2fr 61c

	RAMPE DE 0^m000 à 0^m020	RAMPE DE 0^m040
	VOYAGEURS OU MARCHANDISES.	
Report.......	$2^{fr}\,05^c$	$2^{fr}\,61^c$
obtient ainsi 5 450 fr., car dans cette somme de 5 200 fr. qui résulte de la statistique le renouvellement des rails n'entre que pour 750 fr.		
On obtient, en somme, pour 5 840 trains circulant par an sur la voie, une dépense de 5 450 fr., ou par train, $\frac{5\,450 \text{ fr.}}{5\,840}$ ou 0 fr. 90.............	» »	0 90
Nous admettons 0 fr. 70 sur la voie de $0^m,000$ à $0^m,020$, où nous nous trouvons dans des conditions tout à fait normales....................	0 70	» »
7° *Usure des freins et personnel pour les manœuvrer.*		
Chaque train comprendrait 3 gardes-freins supplémentaires. On userait des freins MOLINOS. Les gardes-freins pourraient suivre 4 trains par jour, ce qui leur ferait parcourir 100^{km} à la remonte et 100^{km} à la descente.		
Leur salaire représenterait, à 3 fr. par jour pour chacun......... 9^{fr}.		
L'usure des freins serait, pour le même parcours,		
de 4 fr. sur la rampe de $0^m,000$ à $0^m,020$, ce qui donne.. 13^{fr} } pour la dépense relative à un parcours total de 200^{km}.		
et de 8 fr. sur la rampe de $0^m,040$, ce qui donne.... 17 }		
On en déduit... par train et par kilomètre.	0 065	0 085
8° *Machines de renfort.*		
Nous admettrons que la machine de renfort soit utilisée pour 1 train montant et par suite pour 1 train descendant, c'est-à-dire pour 1/8 du mouvement total.		
A reporter.	$2^{fr}\,82^c$	$3^{fr}\,60^c$

	RAMPE DE 0^m000 à 0^m020	RAMPE DE 0^m040
	VOYAGEURS OU MARCHANDISES.	
Report........................	2^{fr} 82^c	3^{fr} 60^c

La dépense de cette machine ne s'appliquerait qu'à la rampe de $0^m,040$. Elle se composerait des frais suivants :

1o Personnel, mécanicien et chauffeur......................	0^{fr}	25^c
Plus une part proportionnelle aux dépenses portées au § 2°, soit..	0	25
2o Consommation du combustible........................	0	86
Supplément pour l'attente..............................	1	72
3o Entretien de la machine, 3 fois plus que les machines fonctionnant et faisant un parcours quadruple.........................	0	90
4o Entretien et renouvellement de la voie..................	0	90
	4^{fr}	88^c

Ces machines ne parcourant que le 1/8 de ce que parcourront les trains d'exploitation n'entrent donc que pour 1/8 de $4^{fr},88$ dans la dépense de traction kilométrique d'un train, soit pour.........................	» »	0 62
La dépense d'exploitation par train remorquant 115 tonnes, et par kilomètre parcouru, sera donc de..................................	2^{fr} 82^c	4^{fr} 22^c

La moyenne du prix de traction sur les chemins de fer *français* est de $2^{fr},30$ par train parcourant 1 kilomètre.

Les extrêmes sont $2^{fr},20$ pour le chemin de fer du *Nord*, et $3^{fr},00$ pour le chemin de fer du *Midi*.

Sur notre chemin, d'*Oloron* à la frontière, la moyenne serait..... $3^{fr},32^c$

32^{km} à déclivités de $0^m,000$ à $0^m,020$, à $2^{fr},82$.......	$90^{fr},24^c$
18^{km} à déclivités de $0^m,040$, à $4^{fr},22$...............	$75^{fr},96^c$
50^{km}	$166^{fr},20^c$

Moyenne $\frac{166 \text{ fr. } 20 \text{ c.}}{50} = 3^{fr},32^c$.

Le nombre des trains étant de 16 par jour,

La dépense annuelle est donc de........................	19 388^{fr},80^{c}
La recette possible étant de.. ... .(1)	43 070^{fr},00^{c}
Il reste..........	23 681^{fr},20^{c}

pour intérêt et amortissement du capital de construction et d'exploitation.

En calculant la traction jusqu'au palier que doivent atteindre les machines spéciales, au delà du tunnel, la dépense moyenne eût été de........ 3^{fr},37^{c}

Savoir : 32^{km} à 2^{fr},82^{c} — 90^{fr},24^{c}
21^{km} à 4^{fr},22^{c} — 75^{fr},96^{c} Moyenne $\frac{166 \text{ fr. } 20 \text{ c.}}{53}$ = 3^{fr},37^{c}.
53^{km} 166^{fr},20^{c}.

Dans l'hypothèse d'un rendement brut de 70 000 fr. il suffirait de remplacer, sur les rampes de 0^{m},000 à 0^{m},020, la machine à 3 essieux couplés par la machine à 4 essieux couplés dite à fortes rampes, et sur les rampes de 0^{m},040 la machine à 4 essieux couplés par la machine à 6 essieux couplés, système Petiet.

La proportion des puissances est la même que celle des résistances des marchandises ou des voyageurs à déplacer; en effet $\frac{186^t}{115^t}$ équivaut à peu près à $\frac{70,000 \text{ fr.}}{43,070 \text{ fr.}}$.

La dépense de traction d'un train à 1^{km} deviendrait dans ce cas, *au grand maximum* (2) :

4^{fr},56^{c} pour les déclivités de 0^{m},000 à 0^{m},020;

6^{fr},81^{c} pour les déclivités de 0^{m},040.

Nous allons déterminer les chiffres exacts par un tableau semblable à celui que nous venons de dresser.

---

(1) Voir le Mémoire, page 17.

(2) D'après ce principe qu'une machine unique est plus économique que deux machines séparées dont l'ensemble représente une puissance égale.

HYPOTHÈSES.

Trafic, 16 trains par jour.

Rendement brut kilom^{que}, 70 000^{fr}

Vitesse, 20 à 25 kilom. à l'heure.

Traction
- Sur les rampes de 0^m,000 à 0^m,020, avec machines dites à fortes rampes.
- Sur les rampes de 0^m,040, avec machines à 6 essieux couplés.

Longueur exploitée :

De 0^m,000 à 0^m,020 .... 32^{km}
A 0^m,040 .... 18^{km}

TABLEAU N° 2.

HYPOTHÈSE d'un rendement brut de 70 000 fr. par kilomètre.

DÉTERMINATION de la dépense de traction d'un train, pour 1^{km} parcouru, sur des rampes variant de 0^m,000 à 0^m,020, dans les conditions spéciales d'un chargement complet.

DÉTERMINATION de la dépense de traction d'un train, pour 1^{km} parcouru, sur une rampe de 0^m,040, dans les mêmes conditions de chargement.

	RAMPE DE 0^{m}000 à 0^{m}020 (VOYAGEURS OU MARCHANDISES)	RAMPE DE 0^{m}040 (VOYAGEURS OU MARCHANDISES)
1° *Frais d'administration*.		
(Comme tout à l'heure). (1)	0^{fr} 25^c	0^{fr} 25^c
2° *Personnel de toute sorte du mouvement et du matériel.*		
(Comme tout à l'heure, les machines seules ayant changé de puissance).	1 10	1 10
Ainsi divisés : Mouvement.. 0^{fr},85^c / Matériel..... 0^{fr},25^c } 1^{fr},10^c.		
A reporter	1^{fr} 35^c	1^{fr} 35^c

(1) Nous pourrions à la rigueur les réduire à 0^{fr},15^c, le revenu kilométrique étant plus considérable.

	RAMPE DE 0^m000 à 0^m020	RAMPE DE 0^m040
	VOYAGEURS OU MARCHANDISES.	
Report........................	$1^{fr}\ 35^c$	$1^{fr}\ 35^c$
3° Entretien et graissage des wagons et voitures.		
Le *Midi* compte $0^{fr},159$ pour cet article. Ses trains se composent en moyenne de 16 wagons ou voitures.		
Les nôtres seront aussi importants. Ils seront plus lourdement chargés, mais ils iront moins vite. Tout considéré nous pouvons admettre........	0 16	0 16
4° Consommation du combustible. Les machines travaillant à leur maximum de puissance.		
Rampes de $0^m,000$ à $0^m,020$ en remonte. Machine dite à fortes rampes développant 7 432kg de puissance à la circonférence des roues (à raison de 6kg de houille par 1000kg de puissance)............ 45kg de houille.		
Descente et séjour au dépôt.. .... 12kg		
TOTAL.................. 57kg		
57 Kilogr. de houille à $30^{fr},00^c$ la tonne.............. 1 fr. 71,		
Dépense moyenne $\frac{1\ fr.\ 71\ c.}{2}$........................ 0 fr. 86, ci.	0 86	» »
Rampes de $0^m,040$ en remonte. Machine PETIET à 6 essieux couplés développant 11 456kg de puissance (à raison de 6kg de houille par 1 000kg de puissance)........ 70kg de houille.		
Descente et séjour au dépôt........ .... 18kg		
TOTAL................. 88kg		
88 Kilogr. de houille à 30 fr. la tonne............... 2 fr. 64,		
Dépense moyenne $\frac{2\ fr.\ 64\ c.}{2}$........................ 1 fr. 32, ci.	» »	1 32
5° Entretien et graissage des machines.		
Nous avons admis $0^{fr},30^c$ pour les fortes rampes......	0 30	» »
A reporter...................	$2^{fr}\ 67^c$	$2^{fr}\ 83^c$

	RAMPE DE 0m000 à 0m020	RAMPE DE 0m040
	VOYAGEURS OU MARCHANDISES	
Report	2fr 67c	2fr 83c
nous prendrons 0fr,50c pour les machines PETIET........................	» »	0 50
(Les grosses ENGERTH coûtent 0fr,225).		
6o *Entretien et surveillance de la voie.*		
Nous admettrons le renouvellement de la voie en 5 ans au lieu de 10, sur la rampe de 0m,040.		
Les frais de renouvellement sont alors de 1 500fr par kilomètre et par an, au lieu de 750fr généralement admis.		
Les 5 200fr annuels de renouvellement, d'entretien et de surveillance de la voie, se trouvent donc augmentés de 750fr et deviennent 5 950fr.		
Nous avons une circulation de 16 trains par jour, cela donne 5 840 trains par an. On en déduit, pour un train et pour 1km parcouru, 1fr,00c.	» »	1 00
Nous admettrons comme précédemment 0fr,90c pour la partie parcourue par la machine à fortes rampes........................	0 90	» »
7o *Usure des freins et personnel pour les manœuvrer.*		
Le personnel serait le même que précédemment, seulement l'usure des freins serait respectivement de 8fr et 12fr au lieu de 4fr et de 8fr, ce qui donnerait 17fr et 21fr pour 200km parcourus, ou par train et par kilomètre.	0 08	0 10
8o *Machines de renfort.*		
Nous admettrons que la machine de renfort soit utilisée pour 2 trains montants et par suite pour 2 trains descendants, c'est-à-dire pour 1/4 du mouvement total.		
A reporter........................	3fr 65c	3fr 43c

	RAMPE DE $0^{m}000$ à $0^{m}020$	RAMPE DE $0^{m}040$
	VOYAGEURS OU MARCHANDISES.	
Report........................	3^{fr} 65^{c}	3^{fr} 43^{c}

La dépense de cette machine se composerait des frais suivants :

	MACHINE à Fortes rampes.	MACHINE Petiet.
Personnel et part proportionnelle, comme tout à l'heure...	0^{f} 50	0^{fr} 50^{c}
Combustible....................................	0 86	1 32
Supplément pour l'attente.........................	1 72	2 64
Entretien de la machine, 3 fois plus que celles fonctionnant.	0 90	1 50
Entretien et renouvellement de la voie...............	0 90	1 00
	4^{fr} 88^{e}	6^{fr} 96^{c}

	RAMPE DE $0^{m}000$ à $0^{m}020$	RAMPE DE $0^{m}040$
Ces machines ne parcourant que le 1/4 de ce que parcourent les trains d'exploitation n'entrent donc dans les frais de traction d'un train par kilomètre que pour 1/4 de $4^{fr},88^{c}$ et de $6^{fr},96^{c}$, soit.................	1 22	1 74
La dépense d'exploitation par train remorquant 186 tonnes de wagons chargés, et par kilomètre parcouru, est donc de......................	4^{fr} 87^{c}	6^{fr} 19^{c}

N. B. Les chiffres ci-dessus devraient tous deux être inférieurs à ceux que nous avons trouvés, par une proportion, à la fin du tableau précédent. L'un d'eux est cependant de quelques centimes supérieur; cela tient à ce que nous avons supposé l'utilisation d'une machine de renfort pour 1/4 des trains aussi bien sur la rampe de $0^{m},000$ à $0^{m},020$ que sur la rampe de $0^{m},040$.

Dans l'hypothèse d'une recette brute de 40 000 fr. nous n'avions pas admis cette machine de renfort sur la rampe de $0^{m},000$ à $0^{m},020$, et pour la rampe de $0^{m},040$ nous ne l'avions admise que pour 1/8 des trains.

La moyenne de la dépense de traction de 1 train pour 1^{km} parcouru, d'*Oloron* à la frontière, serait de.............................. $5^{fr},34^{c}$

Savoir :	32^{km}	de déclivités de $0^{m},005$ à $0^{m},020$, à $4^{fr},87^{c}$..	$15^{fr},58^{c}$
	18^{km}	de déclivités de $0^{m},040$, à $6^{fr},17^{c}$.........	$11^{fr},11^{c}$
TOTAL :	50^{km}		$26^{fr},69^{c}$

Moyenne par kilomètre $\frac{26 \text{ fr. } 69 \text{ c.}}{50} = 5^{fr},34^{c}$.

Le nombre des trains étant de 16 par jour,

La dépense annuelle est donc de.......................	$31\,185^{fr},60^{c}$
La recette possible étant de.......................(1)	$69\,661^{fr},00^{c}$
Il RESTE..............	$38\,475^{fr},40^{c}$

pour intérêt et amortissement du capital de construction et d'exploitation.

En calculant la traction jusqu'au palier situé sur le versant méridional que doivent atteindre les machines spéciales on trouverait que la dépense moyenne eût été de.. $5^{fr},39^{c}$

Savoir :	32^{km}	de déclivités de $0^{m},000$ à $0^{m},020$, à $4^{fr},87^{c}$........	$15^{fr},88^{c}$
	21^{km}	de déclivités de $0^{m},040$, à $6^{fr},19^{c}$.................	$13^{fr},00^{c}$
	53^{km}		$28^{fr},58^{c}$

Moyenne $\frac{28 \text{ fr. } 58 \text{ c.}}{53} = 5^{fr},39^{c}$.

(1) Voir le mémoire, page 19.

APPENDICE B.

(Renvoi des pages 13 — 14 — 16 — 18 du Mémoire.)

COMPARAISON entre les poids utiles transportés :

1° Sur la rampe de 0^m,040 du chemin de fer de la vallée d'Aspe, dans l'hypothèse de 2 tonnes utiles pour 1 tonne de tare,

Et de 1 voyageur (70^{kg}) pour 280^{kg} de tare;

2° Sur une rampe de 0^m,025 dans les conditions ordinaires du trafic des chemins de fer français :

1 tonne utile pour 1 tonne de tare,

1 voyageur (70^{kg}) pour 560^{kg} de tare.

N. B. Nous admettons, dans nos calculs comparatifs, des moteurs d'égale puissance dont les modèles sont en usage sur les chemins de fer du Nord de *France*, quoique l'augmentation de largeur de la voie espagnole permette d'accroître, sur cette voie, de 1/3 la puissance d'un moteur de même type.

Il convient d'abord d'établir les bases de nos appréciations.

1° L'effort de traction d'une locomotive a pour limite l'adhérence des roues motrices sur les rails.

L'adhérence varie entre le 1/8 et le 1/4 de la pression exercée sur les rails par les roues motrices. En adoptant la proportion du 1/6 on peut être certain d'éviter le patinage en recourant accidentellement au sablage adopté sur toutes les lignes aujourd'hui.

Nous prendrons le 1/6.

La pression d'une paire de roues sur le rail ne peut dépasser 11 tonnes sans que la voie et les bandages ne soient rapidement détériorés.

2° La puissance de vaporisation de la chaudière d'une locomotive doit être telle qu'elle puisse transmettre aux pistons moteurs une action qui se traduise à la circonférence des roues motrices par une puissance égale à l'effort de traction possible.

L'effort de traction pouvant aller jusqu'au 1/4 du poids porté par les roues motrices il est à désirer que la puissance de vaporisation puisse développer une action correspondante.

On admet que par suite des pertes de force résultant de l'agencement des divers organes de la machine et des frottements l'action exercée à la circonférence des roues motrices n'est que les 65/100 du travail théorique des pistons soumis à la pression effective de la chaudière. (1)

3° Les surfaces de chauffe des chaudières des locomotives sont, pour une même pression, proportionnelles aux puissances évaporatoires.

4° Les surfaces de grille le sont également.

5° L'effort de traction exercé par la locomotive sur les rails doit vaincre les résistances suivantes :

Résistance au roulement;

Cette résistance est sensiblement proportionnelle au poids pour chaque espèce de véhicule.

Pour une vitesse de 20 à 25^{km} à l'heure, la résistance de l'air étant à peu près nulle pour chaque véhicule, on peut évaluer cette résistance, en palier et alignement droit :

Pour la machine, par tonne, à .... 7^{kg}
Pour un train de wagons chargés, par tonne, à .... 4^{kg}

Résistance due aux courbes;

Cette résistance est sensiblement proportionnelle aux poids selon les véhicules. On peut admettre, dans des courbes de 500^{m} de rayon :

Pour la machine, par tonne .... 1^{kg} »
Pour un train de wagons chargés, par tonne .... 0^{kg},50

Dans des courbes de 200^{m} de rayon la résistance est sensiblement double.

---

(1) Ce coefficient varie entre 50/100 et 75/100. Il doit tenir compte des pertes de tension de la vapeur dans son passage de la chaudière aux pistons, de la contre-pression de la vapeur dans le tuyau d'échappement qui détermine un tirage plus ou moins énergique dans la cheminée, des pertes de force résultant du refroidissement de la vapeur et de la présence de l'eau qu'elle entraîne, des frottements du mécanisme, de la force employée à faire fonctionner la distribution et enfin de la détente de la vapeur.

La tension de la vapeur dans la chaudière ne peut non plus être constamment maintenue au maximum.

Nous admettrons, dans nos calculs, que la chaudière timbrée à 9 atmosphères marche régulièrement à 8 atmosphères.

Résistance due aux rampes;

Elle est égale, très-approximativement, à........................ 1kg
pour une tonne et pour un millimètre de pente par mètre.

Avec les éléments sus-relatés il va être facile de déterminer la charge qu'une locomotive pourra remorquer.

On peut également déterminer sa consommation en combustible.

La tendance des constructeurs étant de faire des machines de plus en plus légères relativement aux surfaces de chauffe, proportionnelles, comme nous l'avons vu, aux puissances motrices, il doit en résulter que pour augmenter l'adhérence il convient d'adopter des machines qui portent leurs approvisionnements d'eau et de charbon, sans tender séparé.

La puissance d'une locomotive étant proportionnelle à sa puissance de vaporisation ou à sa surface de chauffe ou à sa surface de grille, il s'ensuit que plus les bâtis de la machine seront écartés *(ce qui dépend de l'écartement des rails)* plus la chaudière pourra avoir d'ampleur. La section transversale d'une chaudière, sur voie espagnole, peut être de 1/3 plus grande que la section d'une chaudière sur voie française $(\frac{1^m\,786^2}{1^m\,50^2})$.

Si l'on avait besoin de machines plus puissantes que celles appliquées au chemin de fer du Nord de *France* par M. Petiet il ne serait pas impossible de profiter de cet excédant de section pour créer des machines à 4 cylindres et 8 essieux couplés par 4, ou à 6 cylindres et 9 essieux couplés par 3. L'augmentation de la puissance de vaporisation suffirait, en modifiant un peu la disposition des chaudières, pour augmenter ainsi de moitié la puissance de traction des fortes locomotives adoptées sur le chemin du Nord de *France*, que nous prenons pour types.

Dans les calculs que nous avons pour objet d'établir ici nous prendrons comme termes de comparaison :

1o La machine dite à fortes rampes du Nord, à 2 cylindres et 4 essieux couplés ;

2o La machine à 4 cylindres et 6 essieux couplés par 3.

En construisant ces machines sur les bâtis des chemins de fer espagnols, et exactement sur le même modèle, on augmenterait leur puissance de 1/3.

On pourrait aller à 1/2 en modifiant la chaudière, en l'allongeant et l'élargissant, par exemple, ce qui permettrait d'augmenter les surfaces de chauffe et de grille.

1° MACHINES dites à fortes rampes du chemin de fer du Nord de *France*, à 2 cylindres et 4 essieux couplés.

(Extrait des *Annales des Mines*).

Surface de grille	2^{m^2}, 62
Surface de chauffe	176^{m^2}, 82
Tension de la vapeur	9^{atm}
Diamètre des cylindres	0^m, 48
Course des pistons	0^m, 48
Diamètre des roues motrices	1^m, 065
Poids sous les roues motrices. { 45^t approv^{ts} complets. / 37^t approv^{ts} à peu près épuisés.	
Nous admettrons pour poids moyen	41^t
Traction théorique par atmosphère effective	$1\,072^{kg}$
Traction calculée avec le coefficient de 0,65 en supposant la tension dans la chaudière maintenue régulièrement à 8 atmosphères	$5\,574^{kg}$

L'effort de traction possible, calculé au 1/6 du poids sous les roues motrices peut varier entre .... $7\,500^{kg}$
et .... $6\,166^{kg}$

La machine pourrait donc développer une plus grande puissance en utilisant toute son adhérence. Il faudrait pour cela augmenter la surface de chauffe et le diamètre des pistons.

En supposant que la machine ne développe que $5\,574^{kg}$ de puissance de traction à la circonférence des roues motrices elle pourra remorquer sur les rampes et courbes ci-après :

Rampes de 0^m,025 par mètre et courbes de 500^m.

Un train composé de la machine et de 143 tonnes de wagons chargés ;

En effet :

La résistance au mouvement de la machine donne,

$$41^t \times (7 + 1 + 25)^{kg} = 41^t \times 33^{kg} = \ldots\ldots \quad 1\,353^{kg}$$

La résistance au mouvement du train donne,

$$143^t \times (4 + 0{,}5 + 25)^{kg} = 143^t \times 29^{kg},5 = \ldots\ldots \quad 4\,218^{kg}$$

Poids total. 184^t. Effort général de traction... $5\,571^{kg}$

Rampes de $0^m,040$ par mètre et courbes de 500^m.

Un train composé de la machine et de 81 tonnes de wagons chargés ;

En effet :

La résistance au mouvement de la machine donne,

$41^t \times (7 + 1.00 + 40)^{kg} = 41^t \times 48^{kg} =$ .... $1\,968^{kg}$

La résistance au mouvement du train donne,

$81^t \times (4 + 0{,}5 + 40)^{kg} = 81^t \times 44^{kg},5 =$ ...... $3\,604^{kg}$

Poids total. 122^t. Effort général de traction... $5\,572^{kg}$

La même machine peut donc remorquer :
143^t de wagons sur une rampe de $0^m,025$,
et 81^t sur notre rampe de $0^m,040$.

Pour les marchandises :

Dans l'hypothèse de 1^t utile pour 1^t de tare *(moyenne des réseaux français)* le train, sur rampe de $0^m,025$, remorquera...... .... 71^t utiles.

Dans l'hypothèse de 2^t utiles pour 1^t de tare *(que l'on peut atteindre, vu l'obligation du transbordement)*, le train, sur la rampe de $0^m,040$, de la vallée d'*Aspe*, remorquera.................... 54^t utiles.

Pour les voyageurs :

Dans l'hypothèse de 1 voyageur (70^{kg}) pour 560^{kg} de tare *(moyenne des chemins français)* le train, sur rampe de $0^m,025$, remorquera 227 voyageurs.

Dans l'hypothèse de 1 voyageur (70^{kg}) pour 280^{kg} de tare *(que l'on peut atteindre, vu l'obligation du transbordement)*, le train, sur rampe de 0^m 040, remorquera.............. 231 voyageurs.

Avec des machines semblables, montées sur des châssis *espagnols* de $1^m,736$ d'écartement au lieu de $1^m,50$ et pesant 48^t au lieu de 41^t, la puissance de traction que la machine eût pu développer eût été de.. $7\,432^{kg}$ (1/3 en sus), ce qui lui eût permis de remorquer sur les rampes
de 0^m 040 — 115 tonnes de wagons chargés,
ou — 77 tonnes utiles de marchandises,
ou — 329 voyageurs.

Ces chiffres sont supérieurs à ceux indiqués précédemment pour la remorque, sur rampe de $0^{m},025$, avec une machine construite sur châssis français.

2° MACHINES à 4 cylindres du chemin de fer du Nord de *France*, et à 6 essieux couplés par 3. (Extrait des *Annales des Mines*).

Surface de grille.....................................	3^{m^2}, 33
Surface de chauffe.....................................	221^{m^2},
Tension de la vapeur.....................................	9^{atm}
Diamètre des cylindres.....................................	0^{m}, 44
Course des pistons.....................................	0^{m}, 44
Diamètre des roues motrices.....................................	1^{m}, 065
Poids sous les roues motrices... { 59^{t} 7 approv^{ts} complets. / 50^{t} approv^{ts} à peu près épuisés.	
Nous admettrons comme poids moyen.....................	54^{t}
Traction théorique par atmosphère effective.....................	$1\,652^{kg}$
Traction calculée avec le coefficient de 0,65, en supposant la tension dans la chaudière maintenue régulièrement à 8 atmosphères...	$8\,590^{kg}$
L'effort de traction possible, calculé au 1/6 du poids sous les roues motrices, peut varier entre.....................	$9\,950^{kg}$
et.....................................	$8\,333^{kg}$

Cette machine est plus parfaite que la précédente, car sa puissance de traction dépasse l'effort de traction que nous supposons réalisable d'après le poids porté par les roues motrices.

En supposant que la machine ne développe que 8 590^{kg} de puissance de traction à la circonférence des roues motrices, elle pourra remorquer sur les rampes et courbes ci-après :

Rampes de $0^{m},025$ par mètre et courbes de 500^{m}.

Un train composé de la machine et de 230 tonnes de wagons chargés ;

En effet :

La résistance au mouvement de la machine donne,

$$54^{t} \times (7 + 1 + 25)^{kg} = 54^{t} \times 33^{kg} = \ldots\ldots\ldots \quad 1\,782^{kg}$$

La résistance au mouvement du train donne,

$$230^{t} \times (4 + 0,5 + 25)^{kg} = 230^{t} \times 29^{kg},5 = \ldots\ldots \quad 6\,785^{kg}$$

Poids total. 284^{t} Effort général de traction... $8\,567^{kg}$

Rampes de $0^m,040$ par mètre et courbes de 500^m.

Un train composé de la machine et de 136 tonnes de wagons chargés ;

En effet :

La résistance au mouvement de la machine donne,

$54^t \times (7 + 1 + 40)^{kg} = 54^t \times 48^{kg} =$ .... $2\,592^{kg}$

La résistance au mouvement du train donne,

$136^t \times (4 + 0{,}5 + 40)^{kg} = 136^t \times 44^{kg}{,}5 =$ .... $5\,997^{kg}$

Poids total. 190^t Effort général de traction... $8\,589^{kg}$

La même machine peut donc remorquer :
230^t de wagons sur une rampe de $0^m,025$,
136^t sur une rampe de $0^m,040$.

Pour les marchandises :

Dans l'hypothèse de 1^t utile pour 1^t de tare *(moyenne des réseaux français)* le train, sur rampe de $0^m,025$, remorquera.................. 115^t utiles.

Dans l'hypothèse de 2^t utiles pour 1^t de tare *(que l'on peut atteindre, vu l'obligation de transbordement)*, le train, sur rampe de $0^m,040$, remorquera................................ 91^t utiles.

Pour les voyageurs :

Dans l'hypothèse de 1 voyageur (70^{kg}) pour 560^{kg} de tare, le train, sur rampe de $0^m,025$, remorquera....................... 365 voyageurs.

Dans l'hypothèse de 1 voyageur (70^{kg}) pour 280^{kg} de tare, le train, sur rampe de $0^m,040$, remorquera.............. 389 voyageurs.

Avec des machines semblables, montées sur des châssis *espagnols* de $1^m,736$ d'écartement au lieu de $1^m,50$ et pesant 66^t au lieu de 54^t, la puissance de traction que la machine eût pu développer eût été de $11\,456^{kg}$ (1/3 de plus), ce qui lui eût permis de remorquer sur la rampe de $0^m,040$:
186 tonnes de wagons chargés,
ou 124 tonnes utiles de marchandises,
ou 531 voyageurs.

Ces chiffres sont notablement supérieurs à ceux indiqués précédemment pour la remorque, sur rampe de $0^m,025$, avec une machine de même modèle sur châssis français.

La conclusion à tirer des résultats qui précèdent c'est que plus la machine sera puissante, plus le travail utile produit sera comparable entre les rampes de $0^m,025$ des chemins de fer français et la rampe de $0^m,040$ de la vallée d'Aspe.

Nous avons donc établi ce que nous voulions prouver, à savoir :

Que l'exploitation de notre ligne, par suite de l'obligation du transbordement, peut entrer sensiblement dans les conditions d'exploitation des chemins français à rampes de $0^m,025$.

En admettant des locomotives à 4 cylindres et 8 essieux couplés, ou à 6 cylindres et 9 essieux couplés, lorsque l'importance du trafic l'exigera, on s'assurera une exploitation régulière, économique et nullement différente de l'exploitation des chemins ordinaires.

Les rayons de 500^m que nous avons adoptés permettront à ces machines une circulation facile à des vitesses de 20 à 25 kilomètres à l'heure.

APPENDICE C.

(Renvoi des pages 10 — 11 du Mémoire.)

DISTANCES des villes les plus importantes de France à Madrid et Saragosse.

1° Traversée par la vallée d'Aspe.

DISTANCES ÉLÉMENTAIRES.

Paris à Bordeaux	585km	Paris à Agen	651km
Bordeaux à Dax	148km	Agen à Tarbes	144km
Bordeaux à Lacq	208km	Tarbes à Pau	58km
Bordeaux à Bayonne	198km	Pau à Lacq	23km
Bayonne à Lacq	75km	LACQ A OLORON	*30km*
LACQ A OLORON (1)	*30km*	OLORON A LA FRONTIÈRE	*50km*
		LA FRONTIÈRE A SARAGOSSE	*170km*

Toulouse à Bayonne	257km	Marseille à Toulouse	424km
Toulouse à Agen	121km	Lyon à Toulouse	576km

Toulouse à Tarbes	158km		
Tarbes à Lestelle	32km		
Toulouse à Lestelle	190km	LESTELLE A OLORON	*45km*
Toulouse à Pau	216km		
Toulouse à Lacq	239km	LACQ A OLORON	*30km*

OLORON A SARAGOSSE	*220km*
Saragosse à Madrid	341km

(1) Sont en petites capitales les lignes projetées et non concédées.

Une portion de la ligne de la frontière à Saragosse est cependant en exploitation. — Elle s'étend de Huesca à Saragosse sur 73km.

Conclusions.

MADRID.

Paris à Madrid	par Bordeaux		1 384km
	par Agen	par LESTELLE	*1 433*km
		par LACQ	*1 467*km
Bordeaux à Madrid			799km
Agen à Madrid	par LESTELLE		*782*km
	par LACQ		*816*km
Toulouse à Madrid	par LESTELLE		*796*km
	par LACQ		*830*km
Marseille à Madrid	par LESTELLE		*1 220*km
	par LACQ		*1 254*km
Lyon à Madrid	par LESTELLE		*1 372*km
	par LACQ		*1 406*km
Pau à Madrid			614km
Bayonne à Madrid			666km

SARAGOSSE.

Paris à Saragosse	par Bordeaux		1 043km
	par Agen	par LESTELLE	*1 092*km
		par LACQ	*1 126*km
Bordeaux à Saragosse			458km
Agen à Saragosse	par LESTELLE		*441*km
	par LACQ		*475*km
Toulouse à Saragosse	par LESTELLE		*455*km
	par LACQ		*489*km
Marseille à Saragosse	par LESTELLE		*879*km
	par LACQ		*913*km
Lyon à Saragosse	par LESTELLE		*1 031*km
	par LACQ		*1 065*km

2° Traversée par le chemin de fer del Norte.

DISTANCES ÉLÉMENTAIRES.

Paris à Bordeaux	585^{km}	Irun à Miranda	179^{km}
Bordeaux à Bayonne	198^{km}	Irun à Saragosse	400^{km}
Bayonne à Irun	38^{km}	Miranda à Madrid	452^{km}
Pau à Bayonne	105^{km}	Irun à Madrid	631^{km}
Paris à Irun	821^{km}	Miranda à Saragosse	221^{km}
Bordeaux à Irun	236^{km}	Saragosse à Bayonne	341^{km}
		Saragosse à Madrid	438^{km}

Agen à Bordeaux	136^{km}
Toulouse à Bordeaux	257^{km}
Marseille à Bordeaux	681^{km}
Lyon à Bordeaux	833^{km}
Toulouse à Bayonne (direct)	321^{km}
Marseille à Toulouse	424^{km}
Lyon à Toulouse	576^{km}

Conclusions.

MADRID.

Paris à Madrid		$1\,452^{km}$
Bordeaux à Madrid		867^{km}
Agen à Madrid		$1\,003^{km}$
Toulouse à Madrid	par Bordeaux	$1\,124^{km}$
	par Bayonne	990^{km}
Marseille à Madrid	par Bordeaux	$1\,548^{km}$
	par Bayonne	$1\,414^{km}$
Lyon à Madrid	par Bordeaux	$1\,700^{km}$
	par Bayonne	$1\,566^{km}$
Pau à Madrid		774^{km}
Bayonne à Madrid		669^{km}
Bayonne à Miranda		207^{km}

SARAGOSSE

(En prenant la direction de Miranda del Ebro et de Tudela).

Paris à Saragosse		1 259km
Bordeaux à Saragosse		636km
Agen à Saragosse		772km
Toulouse à Saragosse	par Bordeaux	893km
	par Bayonne	759km
Marseille à Saragosse	par Bordeaux	1 317km
	par Bayonne	1 183km
Lyon à Saragosse	par Bordeaux	1 469km
	par Bayonne	1 335km
Pau à Saragosse		543km
Bayonne à Saragosse		438km

N. B. En supposant le chemin de *Pampelune* à *Alsasua* terminé, et en prenant alors la direction d'*Alsasua* et *Pampelune*, on peut constater que toutes les distances indiquées plus haut, dans la direction de *Saragosse*, sont diminuées de 69 kilom.

En effet, de *Saragosse* à *Pampelune* la distance est de	179km
de *Pampelune* à *Alsasua* elle est de	52km
d'*Alsasua* à *Bayonne* de	138km
Ce qui donne de *Bayonne* à *Saragosse*	369km

Par *Miranda* et *Tudela* nous avons vu tout à l'heure que la distance est de 438 kilom.

Différence 69 kilom.

3° Hypothèse de l'exécution du chemin de fer, dit *des Aldudes*, de Bayonne à Pampelune.

DISTANCES ÉLÉMENTAIRES.

Paris à Bordeaux	585km
Bordeaux à Bayonne	198km
Pau à Bayonne	105km
BAYONNE A PAMPELUNE PAR LES ALDUDES	*105*km
Pampelune à Saragosse	179km
Saragosse à Madrid	341km

Agen à Bordeaux	136km
Toulouse à Bordeaux	257km
Marseille à Bordeaux	681km
Lyon à Bordeaux	833km
Toulouse à Bayonne (direct)	321km
Marseille à Toulouse	424km
Lyon à Toulouse	576km

Conclusions.

MADRID.

Paris à Madrid		1 408km
Bordeaux à Madrid		823km
Agen à Madrid		959km
Toulouse à Madrid	par Bordeaux	1 080km
	par Bayonne	946km
Marseille à Madrid	par Bordeaux	1 504km
	par Bayonne	1 370km
Lyon à Madrid	par Bordeaux	1 656km
	par Bayonne	1 522km
Pau à Madrid		730km
Bayonne à Madrid		625km

SARAGOSSE.

Paris à Saragosse		1 067km
Bordeaux à Saragosse		482km
Agen à Saragosse		618km
Toulouse à Saragosse	par Bordeaux	739km
	par Bayonne	605km
Marseille à Saragosse	par Bordeaux	1 163km
	par Bayonne	1 019km
Lyon à Saragosse	par Bordeaux	1 315km
	par Bayonne	1 181km
Pau à Saragosse		389km
Bayonne à Saragosse		284km

4° Traversée par Perpignan et Barcelone.

La ligne de Narbonne à Saragosse et Madrid, par Perpignan et Barcelone, n'est pas plus courte que la vallée d'Aspe.

L'ouverture de la ligne de *Perpignan* à *Barcelone* n'offrira aucun raccourcissement de distance vers *Saragosse* et *Madrid* à tous les produits du Midi de la *France* au delà de *Narbonne*.

Marseille sera, par *Perpignan* et *Barcelone*, à 909km de *Saragosse*.
et *Lyon* . . . . . à 1 061km de la même ville.

En effet on compte :

De Marseille à Narbonne. . . .	276km	De Lyon à Narbonne.	428km
De Narbonne à Perpignan. . .	64km	De Narbonne à Barcelone. .	267km
De Perpignan à Barcelone. . .	203km	De Barcelone à Saragosse. .	366km
De Barcelone à Saragosse. . .	366km		
Total de Marseille à Saragosse.	909km	Total de Lyon à Saragosse. .	1 061km
Par la vallée d'Aspe la distance est de.	879km 913km	Par la vallée d'Aspe la distance est de.	1 031km 1 065km

APPENDICE D.

(Renvoi des pages — 23 — 35 — 40 — 44 du Mémoire.)

Construction du tunnel de la frontière.

Ce tunnel présente 3 125m de longueur sur le versant espagnol,
et 3 575m sur le versant français.

Sa longueur totale est donc de 6 700m.

L'entrée en *Espagne* est à la cote........................ 1 255m

La sortie en *France* à la cote............................ 1 054m

Il est précédé et terminé par deux paliers de 500m environ de longueur chacun.

D'après l'aspect des lieux nous admettons que ce tunnel se trouve, pour 1/4 de son étendue, dans le terrain de grès bigarré et pour 3/4 dans le terrain de calcaire compact.

Section à donner au tunnel, 69^{m^2},30.

Les tunnels de la traversée des *Pyrénées*, pour la ligne del Norte, présentent 41^{m^2} de vide entre la partie supérieure du ballast et la voûte.

Les piédroits ont 2m de hauteur au-dessus du ballast et la voûte a 8m de diamètre. *(Le tunnel du Mont-Cenis a les mêmes dimensions, mais la largeur de la voie de fer n'est que de 1m,50).*

Nous proposons, pour notre tunnel, des piédroits de 2m,00 de hauteur audessus du ballast et une voûte de 10 mètres de diamètre.

Sa superficie de vide au-dessus des rails sera alors de 59^{m^2},30. En admettant 1m de déblai, en contrebas des rails, pour l'installation des aqueducs destinés à l'écoulement des eaux, du ballast, etc., etc., le déblai total à effectuer pour l'ouverture du tunnel est de 69^{m^3},30 par mètre courant.

Considérations qui nous déterminent à donner cette section

Nous jugeons cette augmentation de section nécessaire par rapport aux sections de tunnels généralement admises.

1° Pour la sécurité absolue de la circulation des ouvriers employés à l'entretien de la voie, ce qui assure la surveillance.

2° Pour le dégagement de la fumée et de la vapeur, et au besoin pour l'établissement de cheminées d'appel fixées au cerveau du tunnel et percées d'ouvertures qui, en appelant l'air vers les régions supérieures, le renouvellent dans l'intérieur du tunnel (1).

3° Pour permettre enfin l'exécution de machines locomotives d'une dimension de chaudière inusitée, si le besoin s'en faisait sentir.

Nous projetterons avec une section semblable à celle du tunnel, sur la rampe de 0m,040, tous les ouvrages d'art passant par dessus le chemin de fer, afin de pouvoir créer des machines d'une puissance qu'il serait impossible d'atteindre sur les chemins de fer ordinaires.

Il ne sera revêtu que sur 1/3 de sa longueur.

Nous admettrons enfin que le tunnel n'aura besoin d'être revêtu que sur 1/3 de sa longueur, notamment aux têtes, aux abords des puits et galeries et en diverses parties où la compacité de la roche sera insuffisante.

Ce revêtement aura 1m d'épaisseur.

Prix du mètre courant du tunnel non revêtu.

Les frais d'extraction du grès bigarré et du calcaire crétacé compact, pris en masse, sont à peu près les mêmes.

Le Génie militaire, en construisant le fort d'Urdos, a tenu des attachements détaillés des ouvrages exécutés.

Un déblai de 2^{m^3} de calcaire, à ciel ouvert, sans sujétions, exige

2 journées de mineur à 4fr........	8fr
1 journée de forgeron à 4fr.......	4fr
0kg,40 de poudre à 2fr,50c.........	1fr
Total......	13fr
Déchet du fer, transport des outils, etc.	1fr
Total......	14fr pour 2^{m^3}

Soit pour 1^{m^3}... 7fr, chiffre adopté par nous.

Avec la main-d'œuvre militaire le Génie est arrivé à produire ce travail pour 3fr.

Nous adopterons le chiffre de 9fr pour le roc de grès schisteux très-dur.

---

(1) Nous avons visité en Suisse le tunnel des Loges (3 259m) sur le chemin de fer de Neuchâtel à Chaux-de-Fonds; ce tunnel est à une voie et à petite section. C'est intolérable pour les voyageurs, les mécaniciens et les ouvriers. La fumée et la vapeur obscurcissent le tunnel longtemps après le passage des trains.

Le Génie militaire a également exécuté des galeries de 15^{m^2} de section dans le même calcaire, avec parements régularisés à la grosse pointe.

Elles lui ont coûté.. $19^{fr},40^{c}$
par mètre cube, ainsi détaillés :

Prix à forfait, y compris l'enlèvement des déblais, etc.	$15^{fr},00^{c}$
Fournitures de 2^{kg} de fer pour réparation des outils..	$0^{fr},90^{c}$
Poudre 1^{kg} 55, à 2^{fr}..........................	$3^{fr},50^{c}$
TOTAL........	$19^{fr},40^{c}$

Mais le Génie employait une main-d'œuvre militaire qui ne lui représentait que $1^{fr},40^{c}$ par jour par journée de mineur ou de forgeron.

Nous admettrons 3 fois plus et nous atteindrons le chiffre de...... 52^{fr},
à savoir :

Forfait 45^{fr} au lieu de 15^{fr}.
$0^{fr},90$ pour le fer de réparation des outils.
$4^{fr},37$ pour la poudre, $1^{kg},75$, à $2^{fr},50$ le kilogr.

$50^{fr},27$
$1^{fr},73$ pour divers faux frais et transports.

TOTAL. $52^{fr},00$

Nous admettrons ce prix pour des galeries de 15^{m^2} à 20^{m^2} de section.

Pour l'abattage en grand nous admettrons le prix de 20^{fr} par mètre cube.

Prix du mètre courant du tunnel non revêtu.

Le mètre courant de déblai du tunnel coûtera donc :

Galerie, 20^{m^3}, à 52^{fr}....................	$1\,040^{fr}$
Abattage et extraction, $49^{m^3},30$, à 20^{fr}.....	980^{fr}
TOTAL........	$2\,020^{fr}$

Prix du revêtement par mètre courant.

Dans les parties revêtues nous admettrons 45^{m^3} de maçonnerie à 40^{fr}, y compris toutes les sujétions de cintre, de blindage, etc.,
soit $45^{m^3} \times 40$ fr. ou.. $1\,800^{fr}$
par mètre courant de tunnel revêtu.

Nous supposons 1^{m} d'épaisseur moyenne à la maçonnerie et nous admettons que le défaut de compacité de la roche permettra d'extraire ces 45^{m^3} de déblais supplémentaires sans augmentation du prix du déblai.

Prix du mètre courant du tunnel revêtu.

Le prix du mètre courant de tunnel revêtu revient ainsi à 3 820 fr.

Comparaison avec les tunnels de la ligne del Norte, Oazurza.

Le grand tunnel d'*Oazurza*, dans les *Pyrénées*, qui a 2 953^m de longueur et qui a nécessité des puits de 250^m de profondeur, a coûté, par mètre courant,

1 500^{fr} pour les déblais, en faisant entrer dans ce chiffre tous les frais généraux, puits, etc., etc. On a compté en moyenne 53$^{m^3}$ de déblai, par mètre courant, y compris les déblais pour l'aqueduc central et les fondations des piédroits du revêtement.

1 300^{fr} pour le revêtement en maçonnerie.

TOTAL : 2 800^{fr}

Ce tunnel est percé par les moyens ordinaires, dans le roc schisteux très-dur, mais se décomposant à l'air, ce qui a nécessité le revêtement.

Le sable revenait à plus de 15 fr. le mètre cube sur les lieux.

Petits tunnels.

Les petits tunnels de la même traversée des Pyrénées ont coûté, en moyenne, 1 500 fr. par mètre courant, tout compris.

Description du mode d'attaque du Tunnel d'Aspe.

Nous proposons d'attaquer le tunnel, par les procédés ordinaires, à chaque extrémité et là où les puits ont moins de 160^m de profondeur.

Partout ailleurs on se servira des perforatrices à air comprimé en usage au *Mont-Cenis*, soit pour ouvrir des galeries inclinées, soit pour creuser des puits verticaux.

Forage quotidien.

Nous admettrons 0^m,50 d'avancement quotidien pour le forage ordinaire, soit dans les puits, soit dans les galeries d'avancement, et 1^m,50 pour le forage à l'aide des perforatrices à air comprimé (1).

Nous donnerons 20$^{m^2}$ de section aux galeries inclinées ou aux galeries

---

(1) En 1864 on a foré au *Mont-Cenis* 1 087^m,85 de longueur de tunnel pour les 2 attaques, soit 621^m,20 à *Bardonnèche* et 466^m,65 à *Fourneaux*, soit enfin, en moyenne, 3^m,00 par jour.

Pendant le 1er trimestre de 1865 (quatre-vingt-dix jours), on a foré 189^m,30 à *Bardonnèche*,
148^m,10 à *Fourneaux*,

TOTAL........ 337^m,40

soit, en moyenne, par jour, 3^m,76 pour deux attaques. On espère encore accélérer le travail.

Les schistes de *Bardonnèche*, au *Mont-Cenis*, sont plus durs que nos calcaires. — Voir à la fin de cet appendice l'extrait d'une note de M. SOMMEILLER.

d'avancement du tunnel afin de pouvoir y faire circuler des wagons, et 9$^{m^2}$ aux puits verticaux qui ne doivent servir qu'à hisser des bennes.

Les galeries inclinées serviront, ainsi que les deux extrémités du tunnel, pour la vidange de l'abattage en grand.

Puits et galeries.

Ces bases établies, nous proposons :

1 attaque directe à la tête du tunnel par les moyens ordinaires;

1 puits ordinaire à 885^m de la tête du tunnel *(versant espagnol)*; profondeur 158^m,55;

1 puits à perforatrices marchant à l'air comprimé, à 1 525^m de la tête du tunnel ou à 640^m du premier; profondeur 256^m,75;

1 galerie inclinée à 0^m,50 par mètre, à perforatrices à air comprimé, à 2 175^m de la tête du tunnel ou à 650^m du second puits.

Cette galerie aura son inclinaison dirigée vers le faîte, elle coupera la ligne du tunnel à 1 276^m du second puits. Elle aura 691^m de longueur;

1 galerie inclinée à 0^m,50, par mètre, en sens inverse de la précédente, à perforatrices, à air comprimé, à 4 195^m de la tête du tunnel ou à 1 120^m de la galerie précédente;

Cette seconde galerie vient couper la ligne du tunnel à 847^m,10 de distance de la première. Elle aura 732^m de longueur;

1 puits à perforatrices à air comprimé, à 4 805^m de la tête du tunnel ou à 1 256^m,90 du point où la 2e galerie rencontre le tunnel; profondeur 309^m,50;

1 autre puits à perforatrices, à 5 700^m de la tête du tunnel et à 895^m du précédent; profondeur 214^m. Ce puits se trouve à 1 000^m de la sortie du tunnel;

1 attaque directe à la tête de sortie du tunnel par les moyens ordinaires.

Emploi de l'air comprimé.

L'air comprimé serait le moteur uniquement employé pour les travaux dans l'intérieur des galeries ou des puits, soit pour la mise en jeu des perforatrices, soit pour la mise en mouvement des pompes.

On s'en servirait également pour remorquer les wagons et hisser les bennes d'extraction.

Pompes élévatoires. Éclairage au gaz.

Il est inutile d'entrer ici dans des détails techniques sur la manière d'échelonner la remonte des eaux dans les puits ou les galeries ni sur les dispositions à adopter pour mettre les tuyaux des pompes et les tuyaux d'air comprimé à l'abri des chocs et des ruptures. Les mêmes précautions seront à prendre pour les conduites de gaz que l'on installera certainement pour éclairer les batteries et les ateliers.

Machines à compression établies aux forges d'Abel.

Quant à l'installation des machines à comprimer l'air on peut disposer à la sortie même du tunnel, sur le versant français, des chutes des forges d'Abel dont la puissance peut être indéfiniment augmentée.

On créera ainsi, sans difficultés, une force permanente de 2 000 ou 3 000 chevaux-vapeur, et les compresseurs que cette force mettra en mouvement pourront servir à tous les besoins du tunnel, aussi bien sur le versant espagnol que sur le versant français. (1)

La traversée du col est très-facile en ligne droite, et l'on aura promptement créé un sentier que suivront les ouvriers des chantiers, les conduites d'air comprimé et les conduites de gaz dont l'usine pourra également s'établir non loin des forges d'Abel.

La route Impériale nº 134 qui passe aux forges est une voie de transport toute créée pour les matières premières d'installation, quelque encombrantes qu'elles soient.

Les baraquements d'ouvriers pourraient être échelonnés sur la ligne ou à proximité, en des points où les transports des denrées alimentaires seraient faciles.

Durée de construction du tunnel d'Aspe.

La durée de construction du tunnel peut être déduite des données précédentes :

Durée de construction du tunnel, 3 ans

En effet, de la tête du tunnel *(côté d'Espagne)* au premier puits il y aura rencontre des deux attaques au bout de....................(2) 1 044 jours.

Du premier puits au second puits il y aura rencontre au bout de	527 jours.
Du second puits à la 1re galerie, au bout de..............	741 jours.
De la 1re galerie à la 2e, au bout de......................	723 jours.
De la 2e galerie au 3e puits, au bout de..................	766 jours.
Du 3e puits au 4e, au bout de..........................	472 jours.
Du 4e puits à la sortie, au bout de......................	607 jours.

---

(1) Voir à la fin de l'appendice l'extrait d'une note de M. Sommeiller, rédigée à la date du 25 Juin 1865.

(2) Voir le profil en long du tunnel.

Au bout de trois ans nous sommes donc assuré de voir le souterrain terminé.

Nous avons placé des puits ou des galeries aux endroits qui nous ont semblé le mieux disposés pour les recevoir, sans nous inquiéter d'une rigoureuse égalité dans la durée des percements partiels. Il faut, en effet, compter beaucoup avec l'imprévu dans des travaux de ce genre, et peut-être en cours d'exécution sera-t-on amené à seconder par l'air comprimé les travaux entrepris par les moyens ordinaires.

L'important pour nous est d'ouvrir promptement une communication vers la sortie du tunnel, afin de faire cesser le plus tôt possible l'action des pompes.

En 607 jours, au maximum, on aura atteint, avec les galeries d'avancement, 1 895^m de longueur à partir de la sortie du tunnel sur le versant français; on pourra dès lors procéder à l'abattage en grand et à la construction de la maçonnerie dans les parties peu résistantes du terrain.

Dans les attaques où le terrain n'aura pas besoin de blindages, ce qui sera probablement dans toute l'étendue du tunnel, on pourra commencer l'abattage en grand sur toute la section du souterrain. Les directions rectilignes sont certaines et il ne pourrait y avoir d'incertitude que pour la pente qui ne peut pas occasionner d'erreur notable, toujours facile à rectifier.

Afin d'assurer la rectitude du tracé nous admettrons, comme au *Mont-Cenis*, qu'on fera déboucher l'alignement droit du tunnel sur les deux versants ; ce sera par ces entrées rectilignes que les attaques commenceront, ce qui réduira de quelques centaines de mètres la longueur de la percée de tête à tête.

On pourra simultanément commencer les parties courbes de raccordement qui se feront par les procédés ordinaires.

Dépenses de construction du tunnel d'Aspe.

Dépenses de construction.

Nous laissons entrer dans les frais généraux de la construction du tunnel la dépense des puits. Les galeries inclinées seront seules comptées par nous comme étant faites en dehors des conditions ordinaires.

Versant espagnol, longueur 3 125^m.

La galerie d'extraction, sur le versant espagnol, a 691^m de longeur, à 20$^{m^3}$ de déblai par mètre courant et à 52^{fr} par mètre cube d'extraction,

cela fait 20 × 52 × 691 ou 1 040 × 691 ou.................. 718 640^{fr}
Si on y ajoute 3 125^m de tunnel, à 2 020^{fr}.................. 6 312 500^{fr}

On atteint un total de.................. 7 031 140^{fr}

En admettant un revêtement sur 1/3 de la longueur :

1/3 × 3 125m × 1 800^{fr}.................. 1 875 000^{fr}

On atteint un total général de.............. 8 906 140^{fr}
représentant l'exécution de 3 125^m de tunnel sur le versant méridional des *Pyrénées*.

Versant français, longueur 3 575^m.

Sur le versant français la galerie d'extraction inclinée à 0m,50 par mètre présente 732m de longueur.

Cela fait 1 040 × 732 ou.................. 761 280^{fr}
puis, pour le tunnel, 3 575m, à 2 020^{fr}.................. 7 221 500^{fr}

Ce qui donne un total de.................. 7 982 780^{fr}

En admettant le revêtement sur 1/3 de la longueur :

1/3 × 3 575m × 1 800^{fr}.................. 2 145 000^{fr}

Le total général des dépenses s'élève à........ 10 127 780^{fr}
pour 3 575m de tunnel sur le versant septentrional des *Pyrénées*.

Le tunnel international coûtera donc, pour ses deux parties espagnoles et françaises (6 700m de longueur totale)...... 19 033 920^{fr} »^{c}
soit en moyenne, par mètre courant........ 2 840^{fr} 88^c

La portion espagnole coûtera.................. 2 849^{fr} 96^c
La partie française.................. 2 832^{fr} 95^c

EXTRAIT d'une note de M. *Sommeiller* et de renseignements de M. le Directeur de l'usine de Seraing où se construit tout le matériel en usage au *Mont-Cenis*.

M. G. Sommeiller, l'éminent Ingénieur Directeur des travaux de percement du *Mont-Cenis,* a bien voulu nous faire parvenir une note sur notre projet de percée des *Pyrénées*.

Dans cette note, qu'il nous paraît inutile de reproduire en entier, M. Sommeiller croit convenable de n'établir pas plus de deux puits intermédiaires, « et comme ces puits devraient être creusés à la machine, il serait de toute « convenance de les faire verticaux. Dans cette position il serait facile d'établir « un service à air comprimé tant pour la perforation que pour l'*extraction des « déblais*, service qui réunirait à la fois la rapidité, la sécurité et l'économie.

« Il est clair qu'alors il faudrait aussi pourvoir à l'épuisement énergique des « eaux, opération à laquelle se prêterait admirablement l'air comprimé.

« Je dois ajouter enfin que si l'on veut absolument des *puits inclinés*, et les « creuser avec les machines, je ne suis pas en mesure de dire si l'opération « réussira. Je suis mal à l'aise devant une longueur de plus de 700 mètres « avec une inclinaison de près de 30 degrés, et je me fais difficilement une « idée de la manière dont on pourrait disposer les manœuvres de toute espèce « rendues nécessaires pour l'application des machines. Les difficultés que j'en- « trevois disparaissent toutes ou sont considérablement amoindries si le puits « est vertical.

« Voyons maintenant s'il est même indispensable de suivre une autre « méthode qu'au Mont-Cenis, où l'on n'a pas cru devoir utiliser la facilité « qui se présentait de faire un puits intermédiaire de 400 et quelques mètres « de profondeur.

« La roche serait, selon M. Boura, d'une dureté au plus égale à celle qu'il a « vue à *Bardonnèche;* dans ce cas je m'engagerais à garantir un avancement « annuel de 1 500^{m} pour les deux attaques de tête, aussitôt que les machines « auraient commencé à fonctionner.

« Admettons que l'on employât quinze mois à faire l'installation; pendant ces « quinze mois on ferait 700^{m} environ à la main, c'est-à-dire 350^{m} de chaque « côté; il resterait 6 000^{m} que les machines emploieraient quatre ans à percer; « le tunnel serait ainsi achevé en cinq ans et demi. Ceci est une donnée sûre, « appuyée sur l'expérience acquise et je serais prêt à assumer la responsabilité « de l'exécution. »

M. Sommeiller ajoute :

« La force en air comprimé, à 5 atmosphères effectives de pression, « nécessaire pour chaque attaque de tête, est de 10 à 12 000 mètres cubes

« par jour, lorsque l'on sera parvenu à la profondeur de 1 800 mètres. Cela « veut dire que l'installation complète peut durer deux ans. Dans les deux « premières années 7 à 8 000 mètres cubes suffiront.

« Cette quantité d'air est nécessaire pour la *perforation* et la *ventilation*; « il faudra l'augmenter, si l'on a des épuisements à faire, à raison de 1 litre « par seconde (1) pour chaque cheval de force qu'absorberont les pompes. « Si l'on fait des puits il faudra disposer, pour chacun, au moins de la même « quantité d'air comprimé que pour l'attaque de tête, et certainement d'une « quantité supérieure si l'on veut rendre l'avancement plus rapide par une « bonne ventilation et si enfin les eaux à épuiser sont un peu considérables.

« Si la localité le permet il conviendrait d'employer pour comprimer l'air « de puissantes machines rotatives à colonne d'eau; autrement les roues à « augets sont les plus convenables.

« L'idée de faire une seule installation à l'une des têtes et de fournir l'air « à l'autre tête par une conduite est très-bonne, selon moi, même dans le « cas où l'on ne ferait pas de puits intermédiaires.

« Il est indispensable qu'à chaque tête il y ait des forges et des ateliers de « réparation semblables à ce que M. Boura a vu à *Bardonnèche*, je crois que « l'outillage de ces établissements ne coûterait pas plus de 150 000 fr. »

M. Pastor, directeur des usines de la société *John Cockerill*, à *Seraing*, a bien voulu également nous adresser quelques renseignements au sujet du matériel nécessaire pour organiser le percement de la même manière qu'au Mont-Cenis :

« Nous avons établi une estimation du matériel (2) qui doit avoir une

---

(1) Le travail produit par 1 litre d'air comprimé à 6 atmosphères se dilatant à 1 atmosphère, est de 110 kilogrammètres. En passant par les organes des machines de transmission il se réduit à environ 75 kilogrammètres ou à 1 cheval-vapeur utile. (*Note de M. Boura.*)

(2) Nous avons cherché à nous rendre compte de la puissance des machines à compression; M. Sommeiller indique la quantité de 10 000$^{m^3}$ d'air comprimé à 5 atmosphères effectives comme étant nécessaire pour la perforation et la ventilation de chaque attaque.

Or pour obtenir 1 litre d'air comprimé à 6 atmosphères (ce qui donne 5 atmosphères de force effective) la théorie indique qu'il faut développer un travail de 131 kilogrammètres.

Les expériences de Fourneaux (attaque Nord de la percée des Alpes) ont en outre établi que le travail utilisé par les roues hydrauliques et les compresseurs à pompe était égal aux 60/100 du travail réel de la chute d'eau disponible.

Pour obtenir 10 000$^{m^3}$ d'air comprimé par vingt-quatre heures il faut en comprimer 120 litres (chiffre rond) par seconde.

Pour comprimer 120 litres à 6 atmosphères il faut développer un travail de 15 720 kilogrammètres (à raison de 131 kilogrammètres par litre), ce qui représente 210 chevaux-vapeur effectifs.

Le cours d'eau devra donc produire 350 chevaux-vapeur de travail brut pour nous permettre d'atteindre ce résultat.

Ce travail serait donné par 1$^{m^3}$ d'eau tombant de 26^{m} de hauteur.

Pour deux attaques il faudrait { 2$^{m^3}$ d'eau tombant de 26^{m} ; 1$^{m^3}$ d'eau tombant de 52^{m}.

Or la rivière qui coule aux abords du tunnel débite au moins 1$^{m^3}$ à l'étiage, et les chutes qu'elle présente sont de plus de 70^{m} par kilomètre de parcours; on a donc une exagération de force à sa disposition capable de desservir 8 ou 10 points d'attaque. (*Note de M. Boura.*)

« certaine influence sur le prix du travail dont il s'agit, en admettant deux « suppositions, l'une où il n'y aurait que deux attaques, l'autre, plus éventuelle, « où l'on attaquerait le tunnel sur quatre points.

« Prenant comme types et comme modèles nos dernières fournitures au « *Mont-Cenis* les plus perfectionnées, il faudrait comme matériel capital :

« 1o Pour deux attaques :

« 8 roues hydrauliques avec compresseurs doubles et réservoirs d'air d'une « capacité de 1 500 mètres cubes, quatre affûts avec ferrements d'attache des « perforatrices, 150 perforatrices, 25 000 mètres (largement compté) de con-« duites d'air avec fournitures nécessaires et robinets de prise d'air, plus six « pompes locomobiles de 2 chevaux.

« 2o Pour quatre attaques :

« 14 roues avec accessoires comme ci-dessus, 8 affûts, 250 perforatrices, « 30 000 mètres de tuyaux et accessoires et 10 pompes locomobiles de 2 che-« vaux.

« Dans le premier cas, la valeur des objets y désignés serait de 1 475 000fr « (quatorze cent soixante-quinze mille francs), et dans le second cas de « 2 310 000fr (deux millions trois cent dix mille francs). »

Si nous ajoutons à ces évaluations, dans la première hypothèse, 325 000fr pour l'établissement des ouvrages hydrauliques (*barrages*, *dérivations*, etc.) des casernes, des infirmeries, des ateliers de réparation, et dans la seconde hypothèse, 690 000fr pour le même objet, nous trouvons que l'organisation des chantiers coûtera, pour deux attaques.................... 2 000 000fr,
et pour quatre attaques .... 3 000 000fr.

Notre estimation totale des travaux du tunnel est de..... 19 033 920fr

L'installation des grands chantiers ne représente donc que 1/9 ou 1/6 au plus de l'estimation que nous avons donnée.

Il reste, dans la première hypothèse, en dehors de cette installation, une somme de.. 2 543fr
par mètre courant à consacrer aux travaux du tunnel,
et dans la seconde hypothèse.............................. 2 393fr.

Nos évaluations paraîtront exagérées, mais il faut compter avec tant d'imprévu dans des travaux de cette nature que nous avons cru préférable d'admettre une exagération de dépenses un peu hasardée plutôt qu'une économie facile à critiquer et peut-être impossible à réaliser.

APPENDICE E.

(Renvoi des pages 22 — 24 du Mémoire.)

NEIGE ET AVALANCHES EN 1854-1855, 1864-1865.

DESCRIPTION des avalanches rencontrées par le tracé et indication des moyens à employer pour les éviter.

En annonçant que nous atteignons le tunnel de faîte sur le versant Nord des *Pyrénées* à la cote 1 054m et sur le versant Sud à la cote 1 255m, nous pourrions nous dispenser de parler de neiges et d'avalanches. A ces hauteurs nous n'avons pas à redouter les difficultés du climat.

Nous avons tenu cependant à relater par quelques observations les conditions particulières de certains points de la ligne. Nos observations datent surtout de 1853-1854-1855 et de 1864-1865.

Neiges. Nous avons fait relever les hauteurs des neiges au sommet du col de *Somport* (1 640m), à *Sansané* au fond du vallon d'*Aspe* (1 297m), aux forges d'*Abel* (1 054m), à *Urdos* (800m), au *Rio-de-Cette* en *Espagne* (1 380m), et nous arrivons aux résultats suivants :

Pendant l'hiver de 1853 à 1854 les hauteurs des neiges ont atteint :

A *Somport* (cote 1 640m),

le 13 Janvier 1854........................ 1m,60
le 21 Février 1854........................ 2m,55

A *Sansané* (cote 1 297m), versant français,

le 13 Janvier 1854........................ 0m,75
le 21 Février 1854........................ 1m,10

Au *Rio-de-Cette* (cote 1 380m), versant espagnol,

le 13 Janvier 1854........................ 0m,80
le 21 Février 1854........................ 1m,00

Pendant l'hiver de 1854 à 1855, remarquable par la quantité de neige tombée, les hauteurs des neiges ont atteint :

A *Somport* (1 640^m),	le 29 Décembre	1854.........	3^m,75
	le 22 Avril	1855.........	4^m,90
	le 3 Juin	1855.........	3^m,30
A *Sansané* (1 297^m),	le 23 Décembre	1854.........	1^m,00
	le 29 Décembre	1854.........	0^m,80
	le 16 Février	1855.........	1^m,00
	le 22 Avril	1855.........	0^m,30
	le 3 Juin	1855.........	0^m,15
Au *Rio-de-Cette* (1 380^m),	le 23 Décembre	1854.........	1^m,20
	le 29 Décembre	1854.........	1^m,10
	le 16 Février	1855.........	1^m,00
	le 22 Avril	1855.........	0^m,40
	le 3 Juin	1855.........	0^m,00

Depuis lors des observations ont été faites à *Somport* et à *Urdos*, qui n'ont fait que confirmer ces résultats.

Pendant l'hiver de 1864 à 1865, si terrible en tourmentes de neiges, nous en avons fait faire aux forges d'*Abel*, à l'entrée du tunnel projeté.

Elles nous ont donné les résultats ci-après :

A *Urdos* (cote 800^m)........	en 1862, 0^m,20 au maximum le 23 Décembre,
	en 1863, 0^m,40 id. le 19 Mars,
	en 1864, 0^m,15 id. le 9 Février,
	en 1865, 0^m,70 id. le 18 Janvier,
	variant de 0^m,10 le 16 id.
	à 0^m,70 le 18 id.
	à 0^m,10 le 23 id.
	et à 0^m,00 le 24 id.
	pour atteindre de nouveau 0^m,40 le 12 Mars,
	0^m,20 le 30 id.
	0^m,00 le 4 Avril.
Aux forges d'*Abel* (cote 1 054^m),	en 1865, 1^m,04 le 18 Janvier,
	— 0^m,00 le 1er Février,
	— 0^m,36 le 7 id.
	— 0^m,04 le 9 id.
	— 0^m,60 le 12 Mars,
	— 0^m,70 le 30 id.
	— 0^m,50 le 4 Avril,
	— 0^m,00 le 11 id.

Ces hauteurs de neige n'ont rien qui puisse effrayer.

Les chemins de fer de l'*Est*, à la traversée des *Vosges*, et les chemins de fer de *Suisse* et du Nord de l'*Allemagne* sont dans de plus mauvaises conditions.

En nous maintenant dans les limites de notre traversée, de 1 054^m à 1 255^m, nous n'aurons probablement pas à redouter d'interruption du fait des rigueurs climatériques, surtout si nous prenons la précaution d'adopter, comme sur les chemins de fer *Suisses*, des charrues chasse-neiges.

Avalanches.

Disons maintenant un mot des avalanches.

Les avalanches de la vallée d'*Aspe* n'ont nullement le caractère tourbillonnant et destructeur de certaines avalanches des *Alpes*. Elles sont glissantes, se détachent de la crête des plateaux supérieurs à la suite d'une infiltration des eaux entre la masse neigeuse et le rocher, et entraînent avec elles, le long du ravin, tous les débris rocheux, les pierrailles et les arbres qu'elles trouvent sur leur passage.

Quelques-unes de ces avalanches arrivent jusqu'à la route Impériale nº 134; quelques-unes même descendent jusqu'au *Gave d'Aspe;* mais on ne peut pas citer un ouvrage d'art de la route qu'elles aient endommagé, un mur de soutènement en pierres sèches qu'elles aient démoli.

Elles ne renversent les misérables cabanes des pasteurs, couvertes de charpentes branlantes, supportées par des murs en pierres sèches de 0^m,50 d'épaisseur, que lorsqu'elles les rencontrent tout à fait sur leur passage.

Si ce n'était la crainte d'un encombrement de la voie pour quelques heures nous ne prendrions aucune précaution particulière.

Le printemps de 1855 fut fécond en avalanches; nous allons décrire toutes celles qui descendirent alors de la montagne.

Depuis dix ans aucun fait nouveau ne s'est produit qui mérite d'être signalé.

La première avalanche que notre tracé est exposé à rencontrer est l'avalanche du ravin de *Laleur* (mot patois qui veut dire avalanche). (1)

Avalanche de Laleur.

La coulée de *Laleur* présentait, en 1855, une masse de neige de 36 000$^{m^3}$ environ. Elle prend naissance aux sommets escarpés d'*Arnoussère*, à 1 500^m

(1) L'emplacement que les avalanches occupaient après leur chute, en 1855, est exactement relaté sur le plan minute du tracé du chemin de fer (échelle de 1/10 000). Leur contour est en pointillé rouge. L'emplacement qu'elles occupaient est teinté en jaune.

environ du *Gave d'Aspe*, et descend presque tous les ans. Elle arrive au *Gave* sans vitesse et sans endommager la route Impériale qu'elle traverse en la couvrant de neige.

Nous évitons tout contact avec cette avalanche en nous jetant sur la rive gauche du *Gave*.

Avalanche de Hiareïl.

La seconde avalanche est celle de *Hiareïl*. Elle est insignifiante et ne descend que tous les 4 ou 5 ans. Elle part des bords inclinés du plateau de *Lazaque*, à 1 000m en amont du tracé, et s'arrête ordinairement à la route Impériale que parfois même elle n'atteint pas. Son cube, en 1855, était de 4 000$^{m^3}$. Elle ne cause aucun dégât et n'arrive pas jusqu'au *Gave*. Nous sommes sur l'autre rive, nous n'avons par conséquent rien à craindre.

Avalanche de Baylongue.

La troisième avalanche est celle de *Baylongue*.

Elle ne se forme que tous les 4 ou 5 ans; elle prend naissance à 1 300m environ du tracé et descend jusqu'à 100m au delà de la route Impériale no 134 qu'elle traverse sans y causer aucun dégât.

La seule dévastation produite par la coulée consiste dans l'enlèvement de la faible couche de terre qui recouvre, çà et là, les bords rocailleux du ravin. Les effets de la colonne d'air qu'elle chasse devant elle ne sont pas sensibles.

Nous traversons le ravin à 50m environ en amont de la route Impériale.

Nous arrêterons l'avalanche en créant, en amont du chemin de fer, un mur de soutènement qui retiendrait les terres et formerait un plateau sur lequel la masse de neige viendrait perdre sa vitesse.

L'avalanche de *Baylongue* présentait une masse de neige de 36 900$^{m^3}$ en 1855.

Avalanche de Barize.

La quatrième avalanche rencontrée est celle de *Barize*. Les habitants du pays disent que l'avalanche de *Barize* n'était jamais descendue avant 1855, ou tout au moins depuis 300 ans.

Une énorme masse de neige partie d'une arête de rochers, à 1 500m environ en amont de notre tracé, semblait devoir naturellement tomber dans le ravin de *Lacondre;* elle a suivi au contraire une arête secondaire qui sépare ce premier ravin du ravin de *Lazères;* puis tout à coup, se développant sur 200m de largeur, elle a déraciné tous les arbres qui se trouvaient sur son passage, et a renversé, par son poids, la maison et la grange *Barize*. Elle s'est bifurquée à 30m en aval de cette maison pour venir se déverser, d'un côté, dans le ravin *Lacondre*, et de l'autre dans le ravin *Lazères*.

Sa masse était de 51 000$^{m^3}$; l'épaisseur de la neige dans l'avalanche accumulée variait de 5^m à 1^m,50.

Nous l'arrêterons comme la précédente, en amont du chemin de fer, à l'aide d'un mur de soutènement créant un palier supérieur. Il suffit, en effet, de faire disparaître la déclivité du coteau sur une faible largeur pour que ces masses de neige qui descendent mollement sur le flanc des coteaux ralentissent leur mouvement. Leur arrêt naturel se trouve, du reste, au point où nous traversons le ravin (1).

Avalanche de Larry.

La cinquième avalanche est celle de *Larry*.

Cette avalanche prend naissance à 2 600^m en amont du tracé et s'arrête à 50^m en aval du point où nous traversons le ravin qu'elle suit.

Elle ne tombe que tous les 3 ou 4 ans.

Elle s'étendait sur 650^m de longueur, sur 24^m de largeur moyenne, et présentait environ 10^m d'épaisseur moyenne. Le volume des neiges était donc de 156 000$^{m^3}$ environ.

Un simple mur déterminera son arrêt 50^m plus haut.

On y parviendrait également en créant, dans le ravin, une série de grands échelons en pierres sèches formant paliers successifs de 50^m en 50^m.

Avalanche de Lagaube.

La sixième avalanche que nous rencontrons est celle de *Lagaube*, dans le ravin qui borde le village d'*Urdos*.

Des maisons se sont construites, tout nouvellement encore, le long de ce ruisseau, comme preuve certaine de l'innocuité des neiges.

Cette avalanche traverse la route Impériale n° 134 et descend parfois jusqu'au *Gave*. Elle ne cause aucun dommage aux murs de soutènement de la route.

En 1855, année fertile en neige et par suite en avalanches, elle présentait une masse de 147 000$^{m^3}$, avec une épaisseur variant de 2^m à 6^m.

Elle est descendue d'un point situé à 2 300^m environ en amont du tracé; elle marchait avec une très-faible vitesse et se divisa en trois branches distinc-

---

(1) Voir le plan du tracé au 1/10 000.

tes, à peu près au point où notre tracé coupe le ravin qui la dirige ordinairement.

La première branche prit la direction du village d'*Urdos* et s'arrêta contre la maison *Minguet* qu'elle n'a point endommagée.

La deuxième branche a suivi le ravin jusqu'au pont de la *Madeleine*, à l'aide duquel la route Impériale franchit le ravin de *Lagaube*. Ce pont n'a éprouvé aucune dégradation.

La troisième branche a débordé sur la rive gauche du ravin et s'est répandue sur une largeur de 60m environ dans les champs voisins; elle a traversé ensuite la route Impériale nº 134, mais sans y causer le moindre dégât.

Cette description détaillée des effets de l'avalanche démontre mieux que nous ne pourrions l'affirmer leur peu de puissance.

Des murs de 5 ou 6m de hauteur arrêteraient ces masses de neige.

Avalanche de Plecqs.

Une autre avalanche vient rencontrer notre tracé, c'est l'avalanche dite de *Plecqs*, de l'autre côté du village d'*Urdos* par rapport à l'avalanche de *Lagaube*.

De mémoire d'homme jamais avalanche n'était descendue par le ravin de *Plecqs*. Les neiges s'arrêtaient, soit au plateau de *Bendous*, soit au haut du ravin de *Lacondérère* qui possède, dans ses parties élevées, une déclivité relativement faible.

La masse de neige se détacha, en 1855, d'un point situé à 1 300m en amont de notre tracé, au haut du ravin de *Lacondérère*. Elle traversa le plateau de *Bendous*, mais au lieu de suivre le ravin de *Lacondérère* elle a dévié, vers la gauche, dans le ravin de *Plecqs*.

Cette avalanche n'a causé aucun dommage sur l'étendue de son parcours. En arrivant à la route Impériale nº 134 elle s'est étalée le long de la rive gauche du ruisseau sur une longueur d'environ 90m, laissant intacts les parapets et les murs de soutènement en pierres sèches qui se trouvaient sur son passage. Une portion, large de 20 à 25m, a roulé jusqu'à la prairie *Minguet*, sise sur la rive droite du *Gave d'Aspe*.

La masse des neiges descendues présentait un cube de 71 000$^{m^3}$. Leur épaisseur était de 3m.

De simples murs de défense arrêteront l'avalanche en amont de la voie ferrée comme nous l'avons déjà dit pour les avalanches décrites précédemment.

Notre tracé continue à descendre, et cependant nous devons encore signaler deux avalanches qui s'en rapprochent.

Avalanche de Caüspène.

L'une d'elles, dite de *Caüspène*, aux abords du ruisseau d'*Etsaut*, viendra, dans les plus mauvaises années, s'arrêter contre le grand remblai qui traverse ce ravin.

Avalanche de Larriaoü.

Une autre, dite de *Larriaoü*, descendue des sommets d'*Arapoup*, à plus de 2 100^{m} de la route Impériale, est venue expirer, en 1855, sur la route elle-même comme une masse semi-fluide qui s'infléchissait au moindre obstacle rencontré.

Cette avalanche, ou plutôt cet amas de neiges demi-fondues, s'est accumulé à l'emplacement même que nous avons choisi pour notre station de la plaine, à la cote 530^{m},50 au-dessus du niveau de la mer.

Nous n'y avons fait aucune attention, car il nous suffira d'élever parallèlement à la station, en tête des talus de déblai qui la limiteront du côté de la montagne, un mur de soutènement de 3^{m} de hauteur et de 1^{m} d'épaisseur derrière lequel la masse neigeuse viendra s'arrêter.

Plus loin encore, auprès du pont d'*Esquit*, quelques masses de neige tombant des rochers voisins encombrent quelquefois la route Impériale pour quelques heures.

Nous étions, en cet endroit, en forte tranchée de roc dur; nous avons adopté un souterrain aussi économique que la tranchée et qui nous met à l'abri de la chute verticale de cette petite masse de neige. Le tracé est, en ce point, à 460^{m} seulement au-dessus du niveau de la mer.

Moyens à adopter pour arrêter les coulées de neige.

Nous avons conservé aux coulées de neige que nous venons de décrire le nom d'avalanches parce que cette dénomination est acceptée généralement dans le pays; nos avalanches sont cependant aussi différentes des avalanches des *Alpes* que les *Pyrénées* elles-mêmes, dans leur relief général, sont différentes de la chaîne des *Alpes*.

Nous rencontrons 8 ou 9 coulées de neige sur le parcours de notre tracé. Nous évitons les 2 premières en nous maintenant sur la rive opposée du *Gave;* nous sommes d'avis d'arrêter les autres à l'aide de murs de soutènement de 5 à 6^{m} de hauteur, construits en maçonnerie; nous leur donnerons 3^{m} d'épaisseur moyenne.

Ces murs seront établis parallèlement au chemin de fer, sur toute l'étendue occupée ordinairement par la coulée. A la traversée du ravin le mur rétrécira le passage des eaux, de manière à ne lui conserver que les dimensions de l'ouvrage d'art construit sous le chemin de fer. Ce mur sera relié à l'ouvrage d'art par une large cuvette maçonnée, à pente très-forte ainsi que le radier de l'ouvrage d'art, afin de ne pas permettre aux matières entraînées par les eaux de s'arrêter en amont de la ligne (1).

Nous avions d'abord songé à faire passer les avalanches les plus importantes par dessus la voie de fer, dans une cuvette de 40 à 50^{m} de largeur, supportée par une voûte de même longueur. En faisant les recherches qui nous ont amené aux descriptions détaillées plus haut nous avons acquis la conviction que ces précautions sont complétement inutiles.

Aux abords de notre tracé la masse de neige s'épanouit et n'attend qu'un palier pour s'arrêter complétement.

Un excès de précaution consisterait à créer dans chaque ravin, à 100 ou 200^{m} en amont du tracé, une série de 4 ou 5 échelons en pierres sèches, de 5 à 6^{m} de hauteur chacun, et distants l'un de l'autre de 40 à 50^{m}.

Ces échelons suffiraient probablement pour arrêter la coulée si l'on ne voulait pas qu'elle vînt frôler les murs de défense établis le long de la voie.

Toutes les avalanches que nous avons décrites se sont produites pendant l'hiver de 1854-1855.

Pendant l'hiver si neigeux de 1864-1865, lorsque les passages du *Guadarrama* étaient fermés en *Espagne*, les chemins du *Midi* enfouis sous la neige à *Castelnaudary*, et tout le *Nord-Est* de la *France* entravé dans ses communications, nous n'avons à signaler, aux abords de notre tracé, que l'avalanche de *Caüspène* qui s'est arrêtée à 50^{m} environ en amont du tracé, aux abords du village d'*Etsaut*.

Les phénomènes de 1855, que nous avons exposés avec détail, sont donc rares et ne doivent pas nous préoccuper.

---

(1) C'est ainsi que sont établis, sur ces mêmes ravins, les ouvrages d'art de la route Impériale n° 134, construite entièrement à neuf il y a vingt ans environ

APPENDICE F.

(Renvoi des pages — 19 — 48 du Mémoire.)

Recettes des chemins de fer français et de la ligne de Vienne à Trieste.

Dépenses.

Proportion des dépenses aux recettes.

Comparaison avec les recettes et les dépenses probables de la ligne de la vallée d'Aspe.

Nous avons extrait des rapports présentés par les Compagnies des chemins de fer, en *Avril* et *Mai* 1864, les documents suivants qui serviront à démontrer que nos évaluations des dépenses relativement à l'exploitation du chemin de fer de la vallée d'*Aspe* pèchent par exagération.

Compagnie de Paris - Lyon - Méditerranée.

EN 1863. — ANCIEN RÉSEAU. — 1 896^{km} EXPLOITÉS.

Recettes brutes (déduction faite de l'impôt du 1/10).............	133 666 821^{fr},63^{c}	— 70 500^{fr} par kil.
Dépenses effectives...............	55 733 150^{fr},99^{c}	— 41^{fr},70 %.
Reste.....	77 933 670^{fr},64^{c}.	

Les dépenses se répartissent ainsi :

Administration et services généraux..	2 857 158^{fr},54^{c}	— 5 %.
Exploitation.....................	19 831 360^{fr},57^{c}	— 36 %.
Matériel et traction...............	19 511 276^{fr},78^{c}	— 35 %.
Surveillance, entretien et renouvellement de la voie..	13 533 355^{fr},10^{c}	— 24 %.
	55 733 150^{fr},99^{c}.	

N. B. — La réfection et le renouvellement des voies entrent dans cette somme pour 7 millions.

Sans cette circonstance les dépenses n'eussent atteint que 36fr,50 % par rapport aux recettes brutes.

Cette dépense de 7 millions est exceptionnellement due au renouvellement des rails et à l'éclissage des anciennes voies. Elle n'est pas normale et ne serait pas nécessaire pour une voie éclissée dès l'origine.

Les recettes se répartissent ainsi :

41 %	55 600 000fr	pour les voyageurs, les bagages et les marchandises de grande vitesse;
59 %	78 000 000fr	pour la petite vitesse.
	133 600 000fr.	

En 1864 nous avons déduit de la publication des recettes hebdomadaires des chemins de fer que le réseau exploité était de 2 001km.

Les recettes se sont élevées à 139 391 290fr,78c, soit à 69 600fr par kilomètre.

EN 1863. — NOUVEAU RÉSEAU. — 1 061km EXPLOITÉS.

Le nouveau réseau comprend, comme on sait, des lignes d'importance relativement secondaire.

Recettes brutes......	33 800 000fr — 31 800fr par kilom.	
Dépenses effectives...	21 900 000fr — 65 %.	Ce chiffre n'est pas normal, il tient à une dépense exagérée de la réfection de la voie.
	11 900 000fr.	

Les dépenses se répartissent ainsi :

Administration et services généraux.....	1 100 000fr — 5 %.	
Exploitation.........	6 750 000fr — 31 %.	
Matériel et traction...	6 650 000fr — 30 %.	
Entretien et renouvellement de la voie....	7 400 000fr — 34 %.	Ce chiffre est très-élevé accidentellement par suite de la modification de la voie et de l'éclissage des anciennes parties.
	21 900 000fr.	

Compagnie du Nord de France.

EN 1863. — ANCIEN RÉSEAU. — 1 053km EXPLOITÉS.

Recettes brutes......	67 443 000fr	— 64 000fr par kilom.
Dépenses...........	25 300 000fr	— (dont 1/5 en entretien de la voie), soit 37fr,40 %.
RESTE....	42 143 000fr.	

Compagnie d'Orléans.

EN 1863. — ANCIEN RÉSEAU. — 1 637km EXPLOITÉS.

Recettes brutes.....	70 549 000fr	— 43 097fr par kilom.
Dépenses..........	21 800 000fr	— soit 31 %.
RESTE....	48 749 000fr.	

N. B. — On sera frappé de la différence de proportion entre les recettes et les dépenses comparativement aux autres Compagnies. Cette différence s'explique parce qu'on n'a pas compté dans les dépenses les prélèvements ordinaires et réglementaires sur les bénéfices en faveur des employés de la Compagnie, ce qui élèverait la proportion à 34 % au lieu de 31 %.

L'entretien et la surveillance de la voie ne figurent ici que pour 2 304fr par kilomètre et pour une circulation de 20 ou 25 trains en moyenne.

Mais la Compagnie a dû prendre sur des ressources spéciales 4 000 000fr pour les appliquer au renouvellement de la voie, soit environ 2 400fr par kilomètre.

On obtient ainsi, en réalité, une somme de 4 704fr par kilomètre consacrée par la Compagnie à l'entretien, à la surveillance et au renouvellement de la voie.

Pour une circulation de 16 trains, produisant un trafic de 43 000fr environ, égal au trafic de la Compagnie d'Orléans, nous avons admis, sur le chemin de fer de la vallée d'*Aspe*, pour les dépenses analogues,

4 100fr sur les rampes de 0m,000 à 0m,020,
et 5 450fr sur les rampes de 0m,040.

Si la Compagnie d'Orléans eût inscrit ces dépenses, comme le font les autres Compagnies, dans son budget général, la proportion des dépenses aux recettes aurait été de 40 %.

EN 1863 LE NOUVEAU RÉSEAU D'ORLÉANS A DONNÉ :

Recettes	14 853fr	par kilomètre.
Dépenses	7 600fr	soit 51 %.

Compagnie de l'Est.

EN 1863.

Ancien réseau	Recettes par kilomètre	48 219fr,72c.	
	Dépenses		37fr,82c %.
Nouveau réseau	Recettes par kilomètre	26 098fr,68c.	
	Dépenses		49fr,40c %.
Ligne de Vincennes	Recettes par kilomètre	92 180fr,43c.	
	Dépenses		49fr,50c %.

N. B. — L'entretien, la surveillance et le renouvellement de la voie représentent environ le 1/5 de la dépense, ou 20 %.

Dans notre projet de chemin de fer cette proportion est de 25 %.

La proportion des dépenses aux recettes est de 43 fr, 55 % pour l'ensemble des lignes de la Compagnie.

Sur l'ancien réseau les voyageurs, bagages et marchandises à grande vitesse entrent dans les recettes pour........ 42 %;

Les marchandises à petite vitesse pour........ 58 %.

Sur le nouveau réseau les voyageurs et les marchandises présentent les proportions de 38 % et 62 %. *(La ligne de Vincennes est, bien entendu, laissée en dehors de ces chiffres.)*

Compagnie de l'Ouest.

EN 1863. — ANCIEN RÉSEAU. — 900km EXPLOITÉS.

Recettes brutes.......	49 477 000fr	— (55 000fr par kilomètre.)
Dépenses...........	20 300 000	— soit 41 %.
RESTE........	29 177 000fr	

Dans les dépenses figurent 3 572 000 fr. pour l'entretien, la surveillance et le renouvellement de la voie, soit 18 %.

Compagnie du Midi.

EN 1863.

Ancien réseau........	Recettes par kilomètre	36 722fr.
	Dépenses..	13 673fr soit 37fr,23c %.

Les voyageurs, bagages et marchandises à grande vitesse entrent dans les recettes pour.................................. 12 500 000fr — 39 %.

Les marchandises à petite vitesse pour........... 19 000 000fr — 61 %.

N. B. — Pour donner une idée de l'accroissement des revenus la Compagnie, dans son rapport, cite la ligne de *Bordeaux* à *Bayonne* qui produit actuellement, à une voie, 30 000fr par kilomètre.

En 1854 elle rapportait 8 900fr par kilomètre.

Nouveau réseau......	Recettes par kilomètre....	9 216fr.
	Dépenses..............	5 582fr — soit 60fr,60 %.

En 1864, l'ancien réseau a donné............. 38 900fr par kilomètre;
le nouveau réseau................ 9 000fr.

Ligne de Vienne à Trieste par le Sœmmering.

EN 1863.

Recettes........... 32 100 000fr — soit 52 835fr,13c par kilomètre.
Dépenses.......... 11 000 000fr — 34 % (1).

L'entretien, la surveillance et le renouvellement de la voie figurent pour 1/4 dans cette dépense.

Les recettes se répartissent ainsi :

Voyageurs, bagages et marchandises à grande vitesse......	10 600 000fr;
Marchandises à petite vitesse..........................	21 500 000fr,
soit 1/3 de voyageurs et 2/3 de marchandises.	
Total........	32 100 000fr.

On peut rapprocher de tous ces chiffres, que donne une statistique exacte, les hypothèses que nous avons faites pour l'évaluation des dépenses d'exploitation du chemin de fer de la vallée d'*Aspe*.

Comparaison du chemin de la vallée d'Aspe avec les résultats statistiques énoncés plus haut.

Il convient de se rappeler que la station d'*Oloron-Sainte-Marie* étant une station de transbordement, tous nos wagons, même de voyageurs, peuvent être supposés à chargement utile double du chargement ordinaire des wagons des chemins de fer *français*. Le nombre de nos véhicules est donc moitié moindre et nos moteurs sont plus puissants que sur tous autres chemins.

Hypothèse de 43 070 fr. de rendement par kilomètre.

Les trains marcheront presque toujours à charge pleine, et cependant pour un rendement brut de................................ 43 070fr par kilomètre,
nos calculs *(appendice A)* établissent.................... 16 468fr,80c,
soit 38fr,20 % de dépenses, sur des rampes variant de 0m,000 à 0m,020, à raison de 2fr,82c pour 1 train parcourant 1km, et.. 24 644fr,80c.
soit 57fr,20 % de dépenses, sur la rampe de 0m,040, à raison de 4fr, 22c pour 1 train parcourant 1 kilomètre.

(1) La comparaison avec les chemins français ne peut être rigoureusement établie : les tarifs diffèrent.

La dépense moyenne, en admettant :

32^{km} à rampes de 0^{m},000 à 0^{m},020,
et 18^{km} à rampes de 0^{m},040, est de 19 388^{fr},80^{c}, soit 45 °/₀.

La recette moyenne nette est donc de 23 681^{fr},20^{c}.

Dans les dépenses l'entretien du matériel roulant et les frais de traction entrent :

Pour 1^{fr},01^{c} sur 2^{fr},82^{c}, — soit pour 36 °/₀ ;
Pour 2^{fr},09^{c} sur 4^{fr},22^{c}, — soit pour 50 °/₀.

L'entretien, la surveillance et le renouvellement de la voie, entrent également dans les dépenses :

Pour 0^{fr},70^{c} sur 2^{fr},82^{c}, — soit pour 25 °/₀;
Pour 1^{fr},00^{c} sur 4^{fr},22^{c}, — soit pour 24 °/₀.

Ces proportions dans les dépenses sont supérieures à celles que nous offre la statistique, même pour les chemins de la Compagnie *Paris-Lyon-Méditerranée*, qui a fait peser, en 1863, des dépenses très-larges de renouvellement de la voie et d'éclissage sur les recettes brutes.

On peut donc conclure du rapprochement de tous les chiffres contenus dans cet appendice que le chemin de la vallée d'*Aspe*, même sans tenir compte des progrès incessants de l'industrie, pourra s'exploiter très-largement dans les conditions que nous avons supposées.

Hypothèse de 69 661 fr. de rendement par kilomètre.

Pour un rendement brut de 69 661 fr. par kilomètre nous serions arrivé aux mêmes conclusions en nous appuyant sur le tableau n° 2 de l'appendice A. Nous trouverions, en effet, que les dépenses sont estimées :

Sur les rampes variant de 0^{m},000 à 0^{m},020 (32^{km}) à.. 28 440^{fr},80^{c}, soit 41 °/₀;
Sur les rampes de 0^{m},040 (18^{km}) à............ 36 149^{fr},60^{c}, soit 52 °/₀;
Soit, en moyenne, à........................... 31 185^{fr},60^{c}, soit 44^{fr},80 °/₀.

La recette nette moyenne est donc de 38 475^{fr},40 c.

L'augmentation de la proportion des dépenses par rapport aux recettes, sur les rampes de 0^{m},000 à 0^{m},020, peut sembler anormale; elle tient à la supposition que nous avons faite de l'usage d'une machine de renfort pour 1/4 des trains. Nous n'en supposions pas, sur ces rampes, pour un rendement de 43 070 fr., et nous n'en admettions que pour 1/8, sur la rampe de $0^{m},040$, pour le même rendement.

Nous avons supposé, dans l'appendice A, que nous n'augmenterions pas le nombre des trains et que nous ferions appel à une plus grande puissance des machines pour remorquer l'augmentation du trafic. Cette plus grande puissance des moteurs se traduit dans les dépenses d'entretien par une plus grande usure et un plus prompt renouvellement de la voie.

Dans les évaluations des dépenses relatives au chemin de fer de la vallée d'*Aspe*, l'entretien du matériel et les frais de traction entrent :

Pour $2^{fr},65^{c}$ sur $4^{fr},87^{c}$, soit pour 54 % (rampes de $0^{m},000$ à $0^{m},020$) ;
Pour $3^{fr},82^{c}$ sur $6^{fr},19^{c}$, soit pour 62 % (rampes de $0^{m},040$).

L'entretien, la surveillance et le renouvellement de la voie entrent également dans les dépenses :

Pour $1^{fr},12^{c}$ sur $4^{fr},87^{c}$, soit pour 23 % (rampes de $0^{m},000$ à $0^{m},020$);
Pour $1^{fr},27^{c}$ sur $6^{fr},19^{c}$, soit pour 20 % (rampes de $0^{m},040$).

Nos chiffres sont donc en général plus élevés que ceux que nous avons déduits de la statistique fournie par les Compagnies.

Nous devons faire observer cependant qu'en faisant une part très-large au renouvellement de la voie et à son entretien nous augmentons nos dépenses dans une assez forte proportion.

Les Compagnies en exploitation ne se résignent à ces dépenses de renouvellement qu'au dernier moment, et elles font ainsi, souvent, peser sur une ou deux années une dépense qu'on aurait dû répartir sur tous les exercices. (1)

Nous complétons les renseignements ci-dessus par quelques données statistiques que nous avons recueillies sur les produits kilométriques des chemins de fer d'*Europe* en 1862.

---

(1) Cet appendice n'a eu pour but que d'établir la confiance qu'on doit avoir dans les chiffres hypothétiques sur lesquels s'appuie l'économie du projet de la vallée d'Aspe.

PRODUIT KILOMÉTRIQUE DES CHEMINS DE FER D'EUROPE EN 1862.

	NOMBRE moyen de kiloms PARCOURUS.	PRODUIT par kilomètre.			NOMBRE moyen de kiloms PARCOURUS.	PRODUIT par kilomètre.
	Kilom.	Francs.			Kilom.	Francs.
France	10 522	45 781	Chins de fer de l'Etat (Cies des)	Autriche.	1 324	35 219
Angleterre	18 028	40 417	Sud de l'Autriche	Autriche.	1 647	35 028
Saxe	764	37 152	Chins de fer de l'Etat	Belgique.	749	45 836
Autriche	5 556	33 709	Nord	Espagne.	460	18 047
Prusse	6 040	30 945	Santander à Alar	Espagne.	105	30 431
Belgique	1 861	29 712	Saragosse et Alicante	Espagne.	753	26 907
Wurtemberg	427	27 068	Barcelne et Saragosse	Espagne.	364	17 120
Grands Duchés, Duchés, etc.	1 805	26 423	Nord	France.	1 147	60 384
Russie	2 706	26 045	Est	France.	1 721	39 322
Hollande	363	26 008	Ouest	France.	1 245	43 094
Hanovre	848	24 007	Orléans	France.	2 191	35 789
Italie	2 347	22 070	Lyon	France.	2 458	66 152
Bavière	1 823	21 737	Midi	France.	1 031	32 490
Espagne	2 569	20 966	Great Eastern	Angleterre	1 038	34 360
Suisse	1 086	20 544	Great Northern	Angleterre	660	57 756
Danemarck	174	15 207	Great Western	Angleterre	1 346	49 285
Portugal	153	9 801	Lancashire	Angleterre	649	66 722
Turquie	64	5 028	Lombard-Vénitien	Italie.	547	23 820
Suède et Norwège	73	4 383	Chins explés par l'Etat	Italie.	643	31 163

APPENDICE G.

(Renvoi de la page 44 du Mémoire.)

Série des prix de travaux exécutés en 1844-1851 et 1860-1865, au fond de la vallée d'Aspe.

1° Entreprise de la construction de la route Impériale n° 134 sur 2 kilomètres, de la cote 950m à la cote 1100m. — Adjugée en 1844. — Terminée en 1851. — Rabais 20 %.

Un mètre cube de maçonnerie ordinaire..........................	11fr,38c
Un mètre cube de maçonnerie de moellons smillés..............	26fr,48c
Un mètre cube de murs de soutènement en pierres sèches *(fourniture de pierre comprise)*..	4fr,90c
Un mètre cube de sable..	2fr,10c
Un mètre cube de chaux hydraulique venant des fours sis à 52km de distance...	40fr,00c

2° Entreprise de la construction de la route Impériale n° 134 sur 8 kilomètres, de la cote 1100m à la cote 1640m. — Adjugée en 1860. — En cours d'achèvement. — Rabais 16 %.

Un mètre cube de déblai de terre dure mêlée de pierres (fouille et charge).		0fr,41c
Un mètre cube de déblai de terre graveleuse........	(idem).	0fr,50c
Un mètre cube de déblai de terre dure mêlée de racines ou de gros blocs....................................	(idem).	0fr,65c
Un mètre cube de déblai de gros blocs de toute nature..........		1fr,52c
Un mètre cube de déblai de roc schisteux..............................		2fr,48c
Un mètre cube de déblai de roc calcaire..................................		3fr,03c
Un mètre cube de déblai de roc grès-schisteux......................		4fr,64c
Un mètre cube de pierres cassées provenant des déblais calcaires de la route..		2fr 93c
Un mètre cube de maçonnerie de pierres sèches *(main-d'œuvre seulement)*..		1fr,85c

Un mètre cube de maçonnerie de moellons........ .... $11^{fr},61^{c}$

Un mètre courant de parapet en maçonnerie, avec mortier........ $6^{fr},91^{c}$

Un mètre carré de dalles de recouvrement mises en place (*non compris l'extraction et le transport*)........................... $2^{fr},66^{c}$

Un mètre courant d'aqueduc établi sur le roc et ayant un débouché de $0^{m},50$ de largeur sur $0^{m},70$ de hauteur.................... $5^{fr},58^{c}$

Un mètre courant d'aqueduc établi sur un terrain autre que le rocher et ayant un débouché de $0^{m},50$ de largeur sur $0^{m},70$ de hauteur.. $5^{fr},92^{c}$

Un mètre courant d'aqueduc établi sur le roc et ayant un débouché de 1^{m} de largeur sur $1^{m},50$ de hauteur........................ $11^{fr},75^{c}$

Un mètre courant d'aqueduc établi sur un terrain autre que le rocher et ayant un débouché de 1^{m} de largeur sur $1^{m},50$ de hauteur.. $12^{fr},46^{c}$

Un mètre courant d'aqueduc établi sur le roc et ayant un débouché de 2^{m} de largeur sur $2^{m},80$ de hauteur...................... $24^{fr},01^{c}$

Un mètre courant d'aqueduc établi sur un terrain autre que le rocher et ayant un débouché de 2^{m} de largeur sur $2^{m},80$ de hauteur...................................... .... $25^{fr},52^{c}$

APPENDICE H.

(Renvoi de la page 49 du Mémoire.)

Oloron-Sainte-Marie considérée comme point de départ des chemins de fer français, sur le versant Nord des Pyrénées.

Direction vers Bordeaux et Agen.

Direction vers Toulouse.

Direction vers Bayonne.

Intérêts de l'État et du département des Basses-Pyrénées à l'exécution de ces diverses directions.

Dans le courant d'un Mémoire relatif à l'exécution d'un chemin de fer à travers les *Pyrénées Centrales* par la vallée d'*Aspe*, nous avons dû nous borner à amener notre voie jusqu'à *Oloron*, issue obligatoire de la vallée *pyrénéenne*.

Dans nos projets, *Oloron-Sainte-Marie* devient le *terminus* des voies *espagnoles* vers la *France*.

C'est autour de cette gare extrême que doivent se développer les magasins et entrepôts qu'un transbordement forcé rend indispensables.

Mais l'importance de la station d'*Oloron-Sainte-Marie* s'augmente de la position topographique de la ville, au centre du département et sur une rivière qui a son origine à l'établissement thermal des *Eaux-Bonnes* et son embouchure dans l'Océan.

Oloron-Sainte-Marie doit être, dans l'avenir, le point de départ de trois chemins de fer.

Le premier de ces chemins sera celui qui réunira, par le plus court chemin, *Oloron-Sainte-Marie* à la ligne de *Toulouse* à *Bayonne*, en se dirigeant vers *Bordeaux*.

La station de *Lacq* est son aboutissant.

La distance d'*Oloron-Sainte-Marie* à la station de *Lacq* est de 30^{km} en nombres ronds.

Le projet de cet embranchement a été dressé en 1864.

La dépense était évaluée à 189 000fr par kilomètre, tout compris, pour un chemin de fer à une voie.

Le second de ces chemins sera le chemin d'*Oloron-Sainte-Marie* vers *Arudy* et *Louvie-Juzon;* en franchissant le col de *Sainte-Colome* on aboutit à *Lestelle* (ou *Montaut*), sur un autre point de la ligne de *Toulouse* à *Bayonne.*

Un embranchement de *Louvie-Juzon* conduirait, sans difficulté, au pied de la côte des *Eaux-Bonnes*, à travers une vallée riche et populeuse, la vallée d'*Ossau.*

La distance entre *Oloron-Sainte-Marie* et *Lestelle* est de 45km.

La dépense pourrait être de 200 000fr par kilomètre pour un chemin de fer à une voie.

Cette direction amènerait au chemin de fer des *Pyrénées Centrales* tous les produits de *Toulouse, Marseille* et *Lyon.* (*Voir l'appendice C pour la comparaison des distances*).

Le troisième chemin de fer sera celui d'*Oloron-Sainte-Marie* à l'*Océan* par *Peyrehorade* et *Bayonne.*

Il desservira la plus riche vallée du département et amènera au centre des *Pyrénées* toutes les marchandises qui auront pris la voie de mer jusqu'à *Bayonne.*

Ce chemin coûtera à une voie, comme celui d'*Oloron* à *Lacq*, 189 000fr le kilomètre.

Sa longueur sera de 70km environ.

Ces trois directions mettront *Oloron-Sainte-Marie* en communication avec *Bordeaux, Paris* et tout l'Ouest de la *France*, avec *Agen, Toulouse, Marseille, Lyon* et la *Méditerranée*, avec l'Est et le Sud-Est, avec *Bayonne* et l'*Océan.*

Et cependant, dans l'avenir, nous entrevoyons un embranchement du premier de ces trois chemins qui aura son importance réelle.

Ce serait un chemin se détachant aux environs de *Monein* de la ligne d'*Oloron* à *Lacq* et se dirigeant vers *Artix* ou *Labastide.*

Au lieu de suivre la vallée du *Gave* pour remonter à *Pau*, cet embranchement gravirait le coteau du *Pont-Long*, atteindrait la ville de *Pau* par son plateau supérieur en suivant le tracé qui a failli être adopté en 1861, et par une direction étudiée en 1854 irait rejoindre à *Aire* la ligne de *Tarbes* à *Bordeaux.*

D'*Aire* on remonterait directement vers *Bazas* et *Langon*, où l'on rejoindrait la grande ligne de *Bordeaux* à *Cette.*

Un embranchement gagnerait *Agen* par *Condom.*

Un autre embranchement gagnerait *Vic-Bigorre*, *Auch* et *Toulouse.*

Ainsi se trouverait complété le réseau des voies de fer destinées à mettre en relation les trois départements des *Landes*, des *Basses-Pyrénées* et du *Gers.*

L'Etat pressent ces intérêts multiples et déjà il a concédé à la Compagnie du *Midi* l'embranchement de *Langon* à *Bazas*, qui se continuera certainement jusqu'à la vallée de l'*Adour.*

Le département des *Basses-Pyrénées* a intérêt à desservir toute la région comprise entre *Pau* et l'*Adour*, parce que ce sera le plus puissant moyen de vivifier les terrains vagues dits du *Pont-Long* parcourus sur 20 kilomètres.

Cette direction d'*Oloron* à *Pau* et à *Aire* traverse le département du Sud au Nord et délivre deux arrondissements d'un isolement désastreux auquel les a condamnés l'adoption du tracé de *Bayonne* à *Tarbes* par la vallée du *Gave* de *Pau.*

L'Etat ne peut non plus abandonner à l'extrémité d'une vallée l'établissement des *Eaux-Bonnes*, aussi célèbre que les plus célèbres des établissements thermaux des *Pyrénées.*

On dote d'un chemin de fer *Bagnères-de-Bigorre*, *Bagnères-de-Luchon* et l'on s'avance dans la vallée du *Gave de Pau* jusqu'au pied des montagnes qui abritent *Cauterets*, *Barèges* et *Saint-Sauveur ;* les voies ferrées devront également, un jour, aboutir au pied de la côte des *Eaux-Bonnes.*

Le point de départ rationnel de cet embranchement est *Oloron-Sainte-Marie.*

En étudiant l'ensemble du réseau on ne peut songer à venir directement des *Eaux-Bonnes* à *Pau* à moins que comme chemin de pure fantaisie.

La gare actuelle de *Pau* se trouve, en effet, placée au bas de la ville et sans autre issue que les deux branches d'un *T* pour prendre les directions de *Toulouse* ou de *Bayonne.*

Si nous admettons la réalisation d'un chemin de fer de *Pau* vers *Aire* que nous indiquions tout à l'heure, comment ce chemin des *Eaux-Bonnes* pourrait-il profiter de cette direction qui se trouve placée sur un plateau de 60m supérieur à la vallée du *Gave?*

Les *Eaux-Bonnes* seront donc desservies par *Oloron*, pour la direction venant de *Paris* et de *Bordeaux*, et plus tard par *Lestelle*, pour la direction de *Toulouse* et de *Marseille.*

Le département des *Basses-Pyrénées* pourra, s'il le juge utile à la prospérité de *Pau*, joindre ce chemin à la ville de *Pau* par un embranchement de 22 kilomètres de longueur ayant son origine au village de *Bescat.*

Oloron-Sainte-Marie, d'après nos projets, sera réuni à *Pau* par *Artix* ou *Labastide* et à la station du bas de la ville ou à celle que nous projetons dans le haut; la distance entre les deux villes sera de 47 kilomètres qu'une heure et demie permettront de franchir.

Par un tracé direct, en suivant à peu près la route Impériale nº 134, de la *Gare* de *Pau* à celle d'*Oloron-Sainte-Marie*, le parcours serait de 39 kilomètres.

Nous avons indiqué toutes ces diverses directions sur la carte générale jointe au Mémoire, en conservant en rouge plein la ligne du projet et son raccordement à *Lacq* avec la ligne de *Toulouse* à *Bayonne.*

Nous avons indiqué, sur cette carte, en noir les chemins concédés ou construits, en rouge pointillé les deux directions vers *Lestelle* et vers l'*Océan*, et en rouge pointillé à traits interrompus par des points, les directions vers les *Eaux-Bonnes*, *Pau*, *Aire*, *Langon*, *Condom*, *Agen* et *Vic-Bigorre.*

APPENDICE I.

(Renvoi de la page 49 du Mémoire.)

Chemin de fer de **Lacq** *à* **Oloron** *ou* **d'Artix** *à* **Oloron.**

PROJET DE 1864.

La distance entre la station de *Lacq* (chemin de fer de *Toulouse* à *Bayonne*) et l'extrémité de la gare d'*Oloron-Sainte-Marie*, origine *française* du chemin de fer de la vallée d'*Aspe*, est de........................... 29 769m,80 d'après un projet récemment étudié.

La distance entre la station d'*Artix* et la même extrémité de la gare d'*Oloron-Sainte-Marie* est de.................................. 27 000m.

Les seuls accidents de terrain rencontrés sont :

Le *Gave* de *Pau* franchi par un pont de 100m d'ouverture,

Le faîte de *Cardesse* franchi par un souterrain de 350m,

Le *Gave d'Oloron* franchi par un pont de 60m.

Le chemin est projeté à une seule voie.

Les dépenses s'élèvent en total à...................... 5 650 000fr,
soit par kilomètre (29km,760m,80) à.......... .... 189 789fr,55c

Elles ont été évaluées en prenant pour base les règlements de compte des entrepreneurs qui ont construit la ligne de *Pau* à *Lacq* et sont augmentées du 1/10 environ.

Ces dépenses se répartissent ainsi :

Terrassements................	1 613 043fr,06c ;
Ouvrages d'art..................................	535 288fr,48c ;
non compris les déblais du souterrain qui ont été évalués dans les terrassements.	
Chaussées..	13 742fr,70c ;
Stations et maisons de garde........................	350 000fr,00c ;
Indemnités de terrains.............................	304 100fr,00c ;
Voies, clôtures et matériel roulant..................	2 317 866fr,63c ;
TOTAL.......	5 134 041fr,07c ;
Somme à valoir...............	515 958fr,93c ;
TOTAL GÉNÉRAL.....	5 650 000fr,00c.

D'après la loi du 11 Juin 1845 seraient :

A la charge de l'État ou des communes	2 816 174fr,44c ;
A la charge de la Compagnie	2 317 866fr,63c ;
Somme à valoir générale	515 958fr,93c ;
TOTAL PAREIL	5 650 000fr,00c.

La dépense kilométrique se répartit ainsi :

A la charge de l'État ou des communes	94 598fr,36c ;
A la charge de la Compagnie	77 859fr,66c ;
Somme à valoir	17 331fr,63c ;
TOTAL de la dépense kilométrique	189 789fr,55c.

Les déclivités varient de 0m,005 à 0m,020 par mètre.

Les courbes ont 300m de rayon.

APPENDICE K.

(Renvoi de la page 20 du Mémoire.)

I.

Quelques mots sur la solution d'une percée à la cote 1 346m, à l'aide d'un double rebroussement.

Nous avons présenté pour la traversée des *Pyrénées Centrales* la solution qui nous a semblé la plus rationnelle.

Nous avons ainsi admis un long tunnel de 6 700m à la condition d'atteindre, au maximum, sur le versant Nord des montagnes, la cote 1 054m.

Nous avons subordonné à l'altitude la longueur de la percée.

Si nous avions voulu nous élever à des hauteurs variant entre 1 300m et 1 400m nous aurions pu réduire considérablement la longueur du tunnel.

Nous avons étudié cette variante que nous ne présentons nullement comme une solution à admettre mais comme un point de comparaison avec les traversées par *Gavarnie* et par la vallée d'*Aure*, dont les altitudes des projets de percements varient entre 1 469m et 1 505m.

La Compagnie des chemins de fer de la ligne d'*Italie* avait, antérieurement à nos projets, fait étudier la traversée du *Simplon*.

Le projet qu'elle a préparé a reçu la sanction du Conseil Général des Ponts et Chaussées de *France ;* son économie est basée sur l'adoption de rampes de 0m,040 avec courbes de 200m de rayon minimum et sur l'emploi de doubles rebroussements par aiguillage.

En adoptant une solution analogue nous pouvons entrer en tunnel, sur le versant méridional des *Pyrénées*, à la cote.......................... 1 442m, en sortir sur le versant septentrional, à la cote.................. 1 346m, après un parcours souterrain de 3 200m (dont 800m sur le versant *français*), à la pente de 0m,030 par mètre.

Après la sortie du tunnel nous laissons un palier de 500m, puis nous adoptons une pente de 0m,040 jusqu'au delà du rocher de *Pène d'Arrêt* où se fait notre premier aiguillage, un peu en avant du ravin profond de l'*Arnousse* que nous ne pourrions franchir sans un ouvrage d'art considérable.

La longueur de cette première pente de 0^{m},040 est de 4 630^{m}.

Le train s'arrête sur un palier de 500^{m} de longueur, à la cote 1 160^{m},80, puis descend, machine en queue, en suivant un rebroussement qui nous ramène, toujours à 0^{m},040, vers les forges d'*Abel* où nous arrivons à la cote 1 054^{m}, après avoir ainsi parcouru une pente de 0^{m},040 d'une longueur totale de 7 300^{m}, dont 4 630^{m} sur la première direction et 2 370^{m} sur la seconde (1), sans tenir compte des paliers.

Sur le palier des forges d'*Abel*, qui présente également 500^{m} de développement, le train s'arrête de nouveau pour reprendre, à l'aide d'un nouvel aiguillage, la direction primitive, machine en tête, et suivre désormais le tracé du premier projet.

Ce nouveau tracé, indiqué par un trait noir plein sur le plan, placerait le chemin de fer des *Pyrénées* dans des conditions exceptionnelles au point de vue du tunnel, puisque ce grand ouvrage d'art serait réduit à 3 200^{m} de longueur et qu'il pourrait s'attaquer par un aussi grand nombre de points qu'on le voudrait, le faîte se trouvant à 306^{m},80 en contre-haut du tunnel; mais il nous transporte dans la région des neiges de six mois de durée.

Les avalanches de *Lascarbouères*, *Laleur* et *Hiareïl*, que nous évitons par le premier tracé, exigeront chacune un ouvrage d'art pour être franchies dans une portion de leurs cours où elles ont encore conservé leur impétuosité destructive.

L'économie de construction serait, peut-être, en faveur du second tracé.

De plus, ce tracé, en allongeant le parcours de plus de 5 000^{m}, produirait une augmentation de recettes; cependant nous n'en proposons pas l'adoption.

Nous craignons les embarras des neiges et les dangers d'un tracé à ces hauteurs.

Nous donnons ici une énumération comparée des dépenses.

---

(1) 7 300^{m} à 0^{m},040 par mètre donnent un abaissement de 292^{m}, ce qui ramène l'altitude de 1 364^{m} à 1 054^{m} (1 346^{m} — 292^{m} = 1 054^{m}).

Depuis la frontière jusqu'à la sortie du souterrain nous avons une longueur de 800^{m} que nous pouvons évaluer, à raison de 2 500^{fr} le mètre, ci. 1 000 000^{fr}.

De la sortie du tunnel à l'origine du palier de *Pène d'Arrêt*, nous avons :

Une pente de 4 630^{m}, à 500 000^{fr} le kilom............ .... 2 315 000^{fr}.

Un palier de 500^{m}, à 600 000^{fr} le kilom..... .... 300 000^{fr}.

3 Ponts exceptionnels pour avalanches, à 100 000^{fr} l'un..... 300 000^{fr}.

1 Tunnel de 400^{m}, dépense complémentaire, à raison de 1 000^{fr} le mètre.. 400 000^{fr}.

1 Tunnel de 350^{m}, dépense complémentaire, à raison de 1 000^{fr} le mètre.. 350 000^{fr}.

1 Palier de 500^{m} de longueur, à 600 000^{fr} le kilomètre...... 300 000^{fr}.

Maisons de garde et d'aiguilleur......................... 20.000^{fr}.

De l'origine du palier de *Pène d'Arrêt* à l'origine du palier des forges d'*Abel*, nous avons :

Une pente de 2 370^{m}, à 500 000^{fr} le kilomètre............. 1 185 000^{fr}.

2 Ponts exceptionnels pour avalanches, à 100 000^{fr} l'un..... 200 000^{fr}.

1 Tunnel de 250^{m}, dépense complémentaire, à raison de 1 000^{fr} le mètre.. 250 000^{fr}.

1 Palier de 500^{m} de longueur, à 600 000^{fr} le kilomètre....... 300 000^{fr}.

Maisons de garde et d'aiguilleur......................... 25 000^{fr}.

Indemnités de terrain.................................... 5 000^{fr}.

Nous devons y ajouter les dépenses d'installation de la voie sur l'augmentation de longueur, soit sur 5 525^{m} (1),
plus 1/5 pour garages............... 1 105^{m}

TOTAL......... 6 630^{m}, à 50^{fr} le mètre.. 331 500^{fr}.

Plus une somme à valoir pour cas imprévus... .... 718 500^{fr}.

Le total des dépenses de la variante, de la frontière aux forges d'*Abel*, s'élèvera donc à la somme de........................ 8 000 000^{fr}.

La dépense du premier tracé de la frontière au même point consiste dans l'exécution du souterrain dont les déblais seront plus que suffisants pour la création du palier des abords.

Elle s'élève, d'après nos évaluations, au chiffre de. ......(2). 10 127 780^{fr}.

La différence en faveur du tracé aux fortes altitudes et au court souterrain est donc de............................ 2 127 780^{fr}.

---

(1) Longueur de la variante.. 9 600^{m} y compris les 3 paliers de 500^{m} de la frontière à l'extrémité du palier des forges

Longueur du projet......... 4 075^{m}

Différence.... 5 525^{m}

(2) Voir appendice D.

Cet avantage pécuniaire, que nous n'oserions assurer (1), serait loin de compenser les inconvénients nombreux que présenteraient, pour la voie de fer, les altitudes plus élevées.

Bayonne, le 15 Août 1865.

L'Ingénieur des Ponts et Chaussées,

Ch. BOURA.

(1) Notre évaluation des dépenses de la variante pourra paraître faible, vu l'âpreté des lieux. — Nous avons de plus négligé d'appliquer à l'augmentation du parcours la dépense du matériel roulant qui est de 40 000^{fr} par kilomètre.

3°. — SÉRIE DES PRIX.

Percée centrale des Pyrénées

VALLÉE D'ASPE

CHEMIN DE FER

DE

MADRID AU RESTE DU CONTINENT, PAR SARAGOSSE ET OLORON

SÉRIE DES PRIX.

(Renvoi de la page 43 du Mémoire.)

1re PARTIE. — *Longueur, 17 745m,00.* — *Déclivités, 0m,040 à 0m,025.*

NUMÉROS des PRIX.	OBJETS DES PRIX.	DÉSIGNATION DE L'UNITÉ.	PRIX.
			Fr. C.
	1° Terrassements.		
1	Fouille et charge de terre ordinaire en brouette ou wagon.	Le mètre cube.	0,75
	Extraction de rocher à la poudre (fourniture de poudre comprise).		
2	1° Roc calcaire..	id.	7,00
2bis	2° Roc grès schisteux dur.................... .	id.	9,00
3	Extraction de rocher à la pince (roc schisteux ordinaire).	id.	5,00
3bis	Déviations latérales et autres de chemins d'exploitation.	Le mètre carré.	0,80
	NOTA. Les prix ci-dessus comprennent le dressement des talus de déblai.		
	2° Transports.		
4	Transport à la brouette, à un relais de 30m, à 0fr,15c.		
	1relais,40 à 0fr,15c..	Le mètre cube.	0,21

16

NUMÉROS des PRIX.	OBJETS DES PRIX.	DÉSIGNATION de L'UNITÉ.	PRIX.
			Fr. C.
5	TRANSPORT au WAGON. Transport à un relais de 100^{m}......... $0^{fr},06^{c}$ Plus-value par mètre cube transporté, pour main-d'œuvre et frais divers, aux points du chargement et du déchargement, pour voies provisoires établies par l'entrepreneur et pour toutes dépenses indépendantes de la distance parcourue................. $0^{fr},90^{c}$ Régalement des remblais, y compris le dressement des talus et le déchargement des terres.................... $0^{fr},05^{c}$ Plus-value pour $2^{relais},22$ en plus...... $0^{fr},13^{c}$ TOTAL.......... $1^{fr},14^{c}$	Le mètre cube.	1,14
	3° Ouvrages d'Art.		
6	Maçonnerie de moellons bruts avec mortier de chaux hydraulique..	Le mètre cube.	15,00
7	Maçonnerie de moellons de parements, y compris taille ou smillage et rejointoiement............................	id.	40,00
8	Façon de maçonnerie de moellons bruts avec mortier de chaux hydraulique, les moellons provenant des déblais	id.	8,00
9	Tunnel de la frontière.......	Le mètre courant.	2 832,95
10	Tunnels secondaires.................................	id.	1 800,00
11	Pont en tôle de 15^{m} d'ouverture à une voie, à 1 200^{f} le mètre courant pour la partie métallique............	Prix moyen de l'ouvrage.	30 000,00
12	Pont en tôle de 77^{m} d'ouverture à une voie, à 2 000^{f} le mètre courant pour la partie métallique............	id.	300 000,00
13	Pont de 10^{m} d'ouverture en maçonnerie, et de 48^{m} de largeur entre les têtes. Fondations sur le roc..........	id.	75 000,00
14	Pont de 8^{m} d'ouverture. Fondations sur roc............	id.	20 000,00
15	Passage supérieur de 10^{m} d'ouverture, et de 7^{m} de largeur.	id.	16 000,00
16	Passage supérieur de 10^{m} d'ouverture, et de 4^{m} de largeur.	id.	13 000,00
17	Passage inférieur de 3^{m} d'ouverture, et de 8^{m} de longueur.	id.	10 000,00
18	Ponceau de 5^{m} d'ouverture..............................	id.	10 000,00

NUMÉROS des PRIX.	OBJETS DES PRIX.		DÉSIGNATION de L'UNITÉ.	PRIX.
				Fr. C.
19	Ponceau de 4m,00 d'ouverture........................		Prix moyen de l'ouvrage.	8 000,00
20	Ponceau de 3m d'ouverture........................		id.	5 900,00
21	Aqueduc de 2m d'ouverture........................		id.	4 000,00
22	Aqueduc de 1m d'ouverture........................		id.	1 400,00
23	Aqueduc de 0m,50 d'ouverture........................		id.	1 000,00
24	Aqueduc de 0m,40 d'ouverture........................		id.	800,00
	4° Empierrement.			
25	Le mètre carré d'empierrement, y compris la fourniture de la pierre, coûtera........................		Le mètre carré.	1,00
	5° Semis.			
26	Le mètre carré de semis coûtera........................		id.	0,05
	6° Voies.			
27	75 Kilog. de rails à 0fr,30c le kilog............	22fr,50c		
	1 Traverse de 2m,50 à 2m,60 de longueur, 0m,25 à 0m,33 de largeur et 0m,12 à 0m,14 d'épaisseur, non compris l'aubier; les plus larges étant réservées pour les joints.....	4fr,00c		
	2 Coussinets d'un poids moyen de 11kg. 22kg de fonte à 0fr,23....................	5fr,06c		
	4 Chevillettes à 0fr,15..	0fr,60c		
	2 Coins à 0fr,15....................	0fr,30c	Le Mètre courant	50,00
	Sabottage....................	0fr,20c		
	Coltinage, pose provisoire et définitive........	1fr,50c		
	Sable ou pierrailles, 2m³,20 à 2fr....................	4fr,40c		
	Somme à valoir pour aiguillage, croisements et faux frais....................	11fr,44c		
	TOTAL........	50fr,00c		

NUMÉROS des PRIX.	OBJETS DES PRIX.	DÉSIGNATION de L'UNITÉ.	PRIX.
			Fr. C.
	7° Clôtures.		
28	Clôtures sèches	Le mètre courant.	1,00
29	Haies vives, y compris culture, entretien et garantie pendant 3 ans	id.	0,30
30	Clôtures de stations	id.	10,00
	8° Matériel roulant.		
31	Le matériel roulant coûtera	Le kilomètre.	40 000,00
	9° Stations, Maisons de garde et d'aiguilleurs.		
32	Station de 3e classe	Prix moyen.	100 000,00
33	Station de 4e classe	id.	40 000,00
34	Maison de garde ou d'aiguilleur	id.	6 000,00
	10° Indemnités de Terrains.		
35	Terrains cultivés aux abords d'Urdos, Etsaut et Eygun.	L'are.	75,00
36	Terrains vagues de montagne	id.	5,00

2me **PARTIE.** — *Longueur 32 155m. — Déclivités, 0m,020 à 0m,000.*

NUMÉROS des PRIX.	OBJETS DES PRIX.	DÉSIGNATION DE L'UNITÉ.	PRIX.
			Fr. C.
	1° Terrassements.		
	NOTA. Les prix ci-dessous comprennent le dressement des talus de déblai.		
1	Fouille et charge de terre ordinaire en brouette ou wagon..	Le mètre cube.	0,60
2	Extraction de rocher calcaire à la poudre..............	id.	6,00
3	Extraction de rocher schisteux à la pince..............	id.	4,00
4	Extraction de poudingue et brèche....................	id.	1,50
4bis	Déviations latérales et autres de chemins d'exploitation.	Le mètre carré.	0,80
	2° Transports.		
5	Transport à la brouette, à un relais de 30m, à 0fr,15; 1relais,66 à 0fr,15..................	Le mètre cube.	0,26
6	Transport au wagon.		
	Transport à un relais de 100m, comme à la 1re partie. 0fr,06c		
	Plus-value, etc..................id.......... 0 ,90		
	Régalement, etc................id............ 0 ,05		
	Plus-value pour 3relais,70 à 0fr,06. .... 0 ,22		
	TOTAL............. 1fr,23c	id.	1,23
	3° Ouvrages d'Art.		
7	Maçonnerie de moellons bruts avec mortier de chaux hydraulique..	id.	13,00
8	Maçonnerie de moellons de parements, y compris taille ou smillage et rejointoiement........................	id.	35,00
9	Façon de maçonnerie de moellons bruts avec mortier de chaux hydraulique, les moellons provenant des déblais..	Le mètre cube.	7,00

NUMÉROS des PRIX.	OBJETS DES PRIX.	DÉSIGNATION DE L'UNITÉ.	PRIX.
			Fr. C.
10	Tunnels	Le mètre courant	1 800,00
11	Pont biais de 20m d'ouverture, en tôle, sur le gave d'Aspe, à 1 150f le mètre courant pour la partie métallique....	Prix moyen de l'ouvrage.	48 000,00
12	Pont biais de 25m d'ouverture, en tôle, sur le gave d'Aspe, à 1 100f le mètre courant pour la partie métallique....	id.	53 500,00
13	Pont en tôle de 30m d'ouverture sur le gave d'Aspe, à 1 100f le mètre courant pour la partie métallique...	id.	59 000,00
14	Pont en tôle de 10m d'ouverture, à 1 100f le mètre courant pour la partie métallique......	id.	19 200,00
15	Passage supér r de 10m d'ouverture, et de 7m entre les têtes.	id.	12 400,00
16	Passage supérieur de 10m d'ouverture, et de 4m entre les têtes.......	id.	8 200,00
17	Passage inférieur de 6m d'ouverture....................	id.	10 200,00
18	Passage inférieur de 4m d'ouverture....................	id.	7 300,00
19	Ponceau en maçonnerie de 4m d'ouverture............	id.	7 500,00
20	Aqueduc en maçonnerie de 2m d'ouverture............	id.	4 900,00
21	Aqueduc en maçonnerie de 1m d'ouverture............	id.	1 600,00
22	Aqueduc en maçonnerie de 0m,40 d'ouverture.........	id.	200,00
	4° Empierrement.		
23	Le mètre carré d'empierrement, y compris la fourniture de la pierre.........	Le mètre carré.	0,80
	5° Semis.		
24	Le mètre carré de semis coûtera........................	id.	0,05
	6° Voies.		
25	Le mètre courant de voie coûtera, comme à la 1re partie.	Le mètre courant.	50,00
	7° Clôtures.		
26	Clôtures sèches (comme à la 1re partie)...............	id.	1,00
27	Haies vives (id.).................	id.	0,30
28	Clôtures des gares et stations..........................	id.	10,00

NUMÉROS des PRIX.	OBJETS DES PRIX.	DÉSIGNATION DE L'UNITÉ.	PRIX.
			Fr. C.
	8° Matériel roulant.		
29	Le kilomètre courant (comme à la 1re partie)...........	Le kilomètre.	40 000,00
	9° Gares, Stations et Maisons de garde.		
30	Gare d'Oloron-Ste-Marie................................	L'unité.	250 000,00
31	Station de 4me classe..................................	id.	40 000,00
32	Maison de garde ou d'aiguilleur........................	id.	6 000,00
	10° Indemnités de terrains.		
33	Terrains de 1re classe.......	L'are.	200,00
34	Terrains de 2me classe.................................	id.	150,00
35	Terrains de 3me classe.................................	id.	75,00
36	Terrains de 4me classe.................................	id.	5,00

Bayonne, le 15 Août 1865.

L'Ingénieur des Ponts et Chaussées,

Ch. BOURA.

4°. — ESTIMATION GÉNÉRALE DES DÉPENSES

Percée centrale des Pyrénées

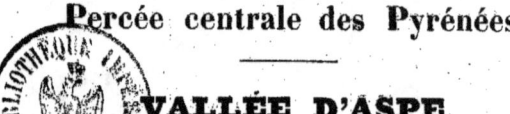

VALLÉE D'ASPE

CHEMIN DE FER

DE

MADRID AU RESTE DU CONTINENT, PAR SARAGOSSE ET OLORON

ESTIMATION GÉNÉRALE DES DÉPENSES.

(Renvoi de la page 45 du Mémoire.)

1re PARTIE. — *Longueur, 17 745m,00. — Déclivités, 0m,040 à 0m,025.*

INDICATION DES OUVRAGES.	NUMÉROS des prix d'application.	QUANTITÉS.	PRIX de L'UNITÉ.	DÉPENSES par ARTICLE.	DÉPENSES par OUVRAGE.	DÉPENSES par section de l'avant-métré.
			Fr. C.	Fr. C.	Fr. C.	Fr. C.
1° Terrassements.						
Fouille et charge de déblais dans les terres et pierrailles........................	1	299 957m³,40	0,75	224 968,05		
Extraction et charge de rocher schisteux très-dur..............................	2bis	51 295m³,79	9,00	470 662,11		
Extraction et charge de rocher schisteux ordinaire.............................	2	77 333m³,86	5,00	386 669,30		
Extraction et charge de rocher calcaire.....	3	154 460m³,81	7,00	1 081 225,67		
Déviation du gave d'Aspe aux forges d'Abel..	1	600m³,00	0,75	450,00		
Déviations latérales des chemins communaux.	3bis	330m³,00	0,80	264,00		
Emprunts pour remblais dans les terres ordinaires....................................	1	113 861m³,06	0,75	85 395,79		
					2 249 634,92	
2° Transports.						
Transports à la brouette à 42m de distance moyenne..........................	4	364 487m³,19	0,21	76 542,30		
Transports en wagon à 322m de distance moyenne..........................	5	382 807m³,96	1,14	436 401,07		
					512 943,37	
						2 762 578,29
					A reporter.	2 762 578,29

INDICATION DES OUVRAGES.	NUMÉROS des prix d'application.	QUANTITÉS.	PRIX de L'UNITÉ	DÉPENSES par ARTICLE.	DÉPENSES par OUVRAGE.	DÉPENSES par section de l'avant-métré.
			Fr. C.	Fr. C.	Fr. C.	Fr. C.
Report	....	....	....	....	....	2 762 578,29
3° Chaussées.						
Empierrement des déviations latérales et des abords des passages à niveau, supérieurs et inférieurs, de la route Impériale n° 134 et de divers chemins.	25	4 662^{m²},00	1,00	4 662,00		
					4 662,00	
4° Ouvrages d'Art.						4 662,00
Tunnel de la frontière	9	3 575^m,00	2 832,95	10 127 796,25		
Tunnels secondaires.....................	10	2 435^m,00	1 800,00	4 383 000,00		
Ponts en tôle de 15^m d'ouverture sur le gave d'Aspe..........................	11	2,00	30 000,00	60 000,00		
Pont en tôle de 77^m d'ouverture sur le ravin Sescoué..............................	12	1,00	300 000,00	300 000,00		
Pont en maçonnerie de 10^m d'ouverture sur le ruisseau Sadun....................	13	1	75 000,00	75 000,00		
Passage supérieur de 10^m d'ouverture entre les têtes..............................	15	1	16 000,00	16 000,00		
id.......4^m.....id........	16	1	13 000,00	13 000,00		
Passages inférieurs de 3^m d'ouverture......	17	2	10 000,00	20 000,00		
Ponts de 8^m d'ouverture..................	18	2	20 000,00	40 000,00		
Ponceau de 5^m d'ouverture...............	18	1	10 000,00	10 000,00		
id...... 4^m .....id................	19	1	8 000,00	8 000,00		
id...... 3^m .....id...............	20	1	5 900,00	5 900,00		
Aqueducs de 2^m d'ouverture..............	21	3	4 000,00	12 000,00		
Aqueducs de 1^m d'ouverture..............	22	9	1 400,00	12 600,00		
id...... 0^m,50 ..id................	23	2	1 000,00	2 000,00		
id...... 0^m,40 ..id................	24	9	800,00	7 200,00		
Murs de défense contre les avalanches......	8	11 250$^{m^3}$,00	8,00	90 000,00		
Murs de soutènement des talus de remblais et de la route Impériale n° 134...........	8	157 858$^{m^3}$,16	8,00	1 262 865,28		
					16 445 361,53	
5° Maisons de gardes et d'aiguilleurs.						16 445 361,53
Maisons de gardes et d'aiguilleurs.........	34	7	6 000,00	42 000,00		
					42 000,00	
				A reporter.....	42 000,00	19 212 601,82

INDICATION DES OUVRAGES.	NUMÉROS des prix d'application.	QUANTITÉS.	PRIX de L'UNITÉ.	DÉPENSES par ARTICLE.	DÉPENSES par OUVRAGE.	DÉPENSES par section de l'avant-métré.
			Fr. C.	Fr. C.	Fr. C.	Fr. C.
Report....	....	....	....	....	42 000,00	19 212 601,82
6° Stations.						
Stations de 3me classe aux forges d'Abel et à Etsaut-Borce-Eygun..................	32	2	100 000,00	200 000,00		
Station de 4me classe à Urdos.....	33	1	40 000,00	40 000,00	240 000,00	
7° Voies.						282 000,00
Voies, y compris gares et stations..........	27	21 300m,00	50,00	1 065 000,00		
					1 065 000,00	
8° Clôtures.						
Clôtures sèches	28	23 700m,00	1,00	23 700,00		
Clôtures des stations.......	30	1 700m,00	10,00	17 000,00		
Haies vives..................................	29	23 700m,00	0,30	7 110,00		
					47 810,00	
9° Semis.						1 112 810,00
Semis	26	26 617m,00	0,05	1 330,85		
					1 330,85	
10° Matériel roulant.						1 330,85
Matériel roulant..............................	31	17km,745m,00	40 000,00 par kilom.	709 800,00	709 800,00	
11° Terrains.						709 800,00
Terrains de 3me classe....................	35	100ares	75,00	7 500,00		
Terrains vagues de montagne..............	36	1 800ares	5,00	9 000,00		
					16 500,00	
						16 500,00
TOTAL....................................						21 335 042,67
Somme à valoir pour établissement de gares d'évitement sur la rampe de 0m,040 par mètre, et pour dépenses diverses, 1/10 environ de l'évaluation des travaux, non compris les travaux du tunnel de la frontière............						1 064 957,33
TOTAL général des dépenses de la 1re partie............						22 400 000,00

DÉPENSES par kilomètre........ 1 262 327fr,42.

Dépenses par kilomètre, en défalquant le tunnel de la frontière........... 691 586fr,01.

2me PARTIE. — *Longueur, 32 155^{m}. — Déclivités, 0^{m},020 à 0^{m},000.*

INDICATION DES OUVRAGES.	NUMÉROS des prix d'application.	QUANTITÉS.	PRIX de L'UNITÉ.	DÉPENSES par ARTICLE.	DÉPENSES par OUVRAGE.	DÉPENSES par section de l'avant-métré
			Fr. C.	Fr. C.	Fr. C.	Fr. C.
1° Terrassements.						
Fouille et charge de déblais dans les terres et pierrailles	1	611 340^{m3},11	0,60	366 804,06		
Extraction et charge de rocher schisteux ordinaire	3	21 683^{m3},61	4,00	86 734,44		
Extraction et charge de roc calcaire	2	301 227^{m3},80	6,00	1 807 366,80		
Extraction et charge de poudingue et brèches	4	216 703^{m3},74	1,50	325 055,61		
Déviation latérale du gave d'Aspe à la Pène d'Escot, roc calcaire	2	21 300^{m3},53	6,00	127 803,18		
Déviation latérale du gave d'Aspe vis-à-vis Escot, terre et pierrailles	1	8 694^{m3},94	0,60	5 216,96		
Déviations latérales et autres de chemins communaux	4bis	3 700^{m3},00	0,80	4 560,00		
Emprunts pour remblais dans les terres ordinaires	1	81 453^{m3},26	0,60	48 871,96		
					2 772 413,01	
2° Transports.						
Transports à la brouette, à une distance moyenne de 50^{m}	5	388 326^{m3},30	0,26	100 964,84		
Transport au wagon, à 470^{m} de distance moyenne	6	914 891^{m3},19	1,23	1 125 316,16		
Transport à la brouette des déblais provenant des déviations du gave d'Aspe, à une distance moyenne de 30^{m}	»	12 779^{m3},06	0,15	1 916,86		
					1 228 197,86	
						4 000 610,87
3° Chaussées.						
Déviations latérales, passages à niveau et autres de la route Impériale n° 134, de la route thermale n° 2, de la route d'Oloron à Saint-Christau et de divers chemins communaux, etc.	23	20 750^{m3},00	0.80	16 600,00		
						16 600,00
					A reporter	4 017 210,87

INDICATION DES OUVRAGES.	NUMÉROS des prix d'application.	QUANTITÉS.	PRIX de L'UNITÉ.	DÉPENSES par ARTICLE.	DÉPENSES par OUVRAGE.	DÉPENSES par section de l'avant-métré.
			Fr. C.	Fr. C.	Fr. C.	Fr. C.
Report.......	....	....	....	....	....	4 017 210,87
4° Ouvrages d'Art.						
Tunnels.......................... ...	10	2 040^m,00	1 800,00	3 672 000,00		
Ponts biais en tôle de 20^m d'ouverture sur le gave d'Aspe........................	11	2	48 000,00	96 000,00		
Ponts en tôle de 25^m d'ouverture sur le gave d'Aspe.......	12	8	53 500,00	428 000,00		
Pont en tôle de 30^m d'ouverture sur le gave d'Aspe..............................	13	1	59 000,00	59 000,00		
Ponts en tôle de 10^m d'ouverture sur les ruisseaux la Berthe et d'Aydius............	14	2	19 200,00	38 400,00		
Passages supérieurs de 10^m d'ouverture et de 7^m entre les têtes.....................	15	3	12 400,00	37 200,00		
Passage inférieur de 6^m d'ouverture........	16	1	8 200,00	8 200,00		
Passage inférieur de 4^m d'ouverture........	18	1	7 300,00	7 300,00		
Ponceaux en maçonnerie de 4^m d'ouverture..	19	3	7 500,00	22 500,00		
Aqueducs en maçonnerie de 2^m d'ouverture	20	10	4 900,00	49 000,00		
Aqueducs de 1^m d'ouverture..............	21	22	1 600,00	35 200,00		
Aqueducs de 0^m,40 d'ouverture...........	22	6	200,00	1 200,00		
Murs de soutènement des talus de remblai et de la route Impériale.................	9	48 900$^{m^3}$,18	7,00	342 301,96		
					4 806 501,26	4 806,501,26
5° Maisons de gardes et d'aiguilleurs.						
Maisons de gardes et d'aiguilleurs..........	32	22	6 000,00	132 000,00		
					132 000,00	
6° Gares et Stations.						
Gare d'Oloron-Ste-Marie..................	30	1	250 000,00	250 000,00		
Stations de 4me classe à Bedous, Lurbe-Asasp et Eysus-Gurmençon..................	31	3	40 000,00	120 000,00		
					370 000,00	
7° Voies.						502 000,00
Voies, y compris gares et stations....... ...	25	40 000^m,00	50,00	2 000 000,00		
					2 000 000,00	
8° Clôtures.						
Clôtures sèches....................... ..	26	64 310^m,00	1,00	64 310,00		
Clôtures des gares et stations.............	28	5 000^m,00	10,00	50 000,00		
Haies vives............................	27	64 310^m,00	0,30	19 293,00		
					133 603,00	
						2 133 603,00
					A reporter.......	11 459 315,13

INDICATION DES OUVRAGES.	NUMÉROS des prix d'application.	QUANTITÉS.	PRIX de L'UNITÉ.	DÉPENSES par ARTICLE.	DÉPENSES par OUVRAGE.	DÉPENSES par section de l'avant-métré.
			Fr. C.	Fr. C.	Fr. C.	Fr. C.
Report						11 459 315,13
9° Semis.						
Semis	24	96 465$^{m^2}$,00	0,05	4 823,25	4 823,25	4 823,25
10° Matériel roulant.						
Matériel roulant	29	32^{km}155^{m},00	40 000,00 le kilom.	1 286 200,00	1286 200,00	1.286 200,00
11° Terrains.						
Terrains de 1re classe, gare d'Oloron	33	280ares	200,00	56 000,00		
Terrains de 2me classe, plaine de Bedous et de Lurbe à Oloron	34	1 200ares	150,00	130 000,00		
Terrains de 3me classe, de Bedous à Lurbe	35	1 635ares	75,00	122 625,00		
Terrains de 4me classe. Terrains vagues de montagne	36	300ares	5,00	1 500,00	360 125,00	360 125,00
TOTAL						13 110 463,38
Somme à valoir pour dépenses imprévues, 1/10 environ de la dépense de construction						1 289 536,62
TOTAL général des dépenses de la 2me partie						14 400 000,00

DÉPENSES par kilomètre .... 447 830fr,82.

RÉCAPITULATION DES DÉPENSES (*Longueur totale 49 900m*).

Dépenses totales de la 1re partie. Longueur, 17 745m; déclivités, 0m,040 à 0m,025	22 400 000,00
Dépenses totales de la 2me partie. Longueur, 32 155m; déclivités, 0m,020 à 0m,000	14 400 000,00
Dépenses totales de construction entre la frontière et Oloron-Ste-Marie	26 800 000,00

Dépenses par kilomètre .... 737 474fr,95.

Dépenses par kilomètre, en défalquant le tunnel de la frontière. 534 513fr,10.

Bayonne, le 15 Août 1865.

L'Ingénieur des Ponts et Chaussées,

Ch. BOURA.

TABLE DES MATIÈRES.

Pages.

BAYONNE. — IMPRIMERIE DE VEUVE LAMAIGNÈRE, RUE CHEGARAY, 39.

www.ingramcontent.com/pod-product-compliance
Lightning Source LLC
Chambersburg PA
CBHW051151260626
47170CB00005B/2052
9782019170004